ISTRICI D'ORO

Classici e intramontabili. Salanici

Sono ormai più di quarant'anni che Bianca Pitzorno scrive per bambini e per adulti. È stata anche archeologa, studiosa di cinema e di teatro, sceneggiatrice, paroliera, programmista televisiva, consulente editoriale. Ha pubblicato più di cinquanta titoli tra romanzi, saggi e biografie. Solo in Italia i suoi libri hanno venduto circa due milioni di copie, e all'estero sono stati tradotti in tutti i continenti, in moltissime lingue, dal giapponese al polacco, dal greco al cinese, dal turco allo spagnolo. Molti dei suoi romanzi per ragazzi sono ormai considerati dei classici. Uno dei periodi che considera più importanti per la cultura italiana è il regno di Federico II, epoca in cui ha ambientato *La bambina col falcone*, che le è stato ispirato dal manuale di caccia col falcone scritto dallo stesso imperatore e dal suo epistolario, che testimoniano la pratica della falconeria anche da parte delle donne. Perfetto per Bianca, visto che, anche se diversissimi tra loro, i suoi libri hanno però tutti una cosa in comune: i protagonisti, anzi le protagoniste sono sempre femmine.

Collana fondata da Donatella Ziliotto

ISBN 978-88-6918-838-1

Per essere informato sulle novità
del Gruppo editoriale Mauri Spagnol visita:
www.illibraio.it

Prima edizione Grand'Istrici: luglio 1996
Nuova edizione: maggio 2003
Nuova edizione BES: ottobre 2011
Nuova edizione negl'Istrici d'oro: agosto 2016
Prima ristampa: maggio 2017
Seconda ristampa: settembre 2017
Terza ristampa: agosto 2018

ADRIANO SALANI EDITORE
Da 150 anni più felici con un libro

Gruppo editoriale Mauri Spagnol
Milano

www.salani.it
Prima edizione: Edizioni Scolastiche Bruno Mondadori s.p.a., 1982 Milano

ISTRICI D'ORO

Bianca Pitzorno

LA BAMBINA COL FALCONE

Romanzo

PERSONAGGI PRINCIPALI DELLA NOSTRA STORIA

MESSER RINALDO RUFO	di Minervino Murge. Falconiere imperiale
MADONNA YVETTE	sua moglie, nativa di Provenza
COSTANZA	figlia primogenita di messer Rufo
MELISENDA	figlia secondogenita di messer Rufo
ALIENOR	bambinaia di Costanza, nativa di Francia
SELIMA	balia di casa Rufo. Saracena
NUREDDIN	figlio di Selima
GIOVANNI DA BOLOGNA	chierico. Pedagogo di casa Rufo
KONRAD	paggio tedesco di madonna Yvette
GUGLIELMO	figlio del barone di Minervino
BENCIVENNI DA FOGGIA	giovane cortigiano dell'imperatore
GERARDO	misterioso cavaliere crociato
FEDERICO	scudiero di Gerardo
HONFROI	il fratello scomparso di Alienor
SPARR	nobile uccello rapace

E INOLTRE

baroni, cavalieri, dame, popolani, scudieri, Templari, Ospedalieri, domestici, osti, bambinaie, medici, pellegrini, menestrelli, trovatori, giocolieri, chierici vaganti, lebbrosi, mendicanti, astrologhi, filosofi, poeti, artigiani, servi della gleba, contadini, bracconieri, ladri, assassini, suore, frati, vescovi, eretici, santi, diavoli, sultani, emiri, pirati, bambini d'ogni ceto, cristiani e saraceni.

PARTE PRIMA

1215 - Costanza e Melisenda

1

Dove il lettore fa conoscenza con le due eroine di quest'avventurosa vicenda.

La maggior parte degli adulti non riesce a immaginare che la memoria di un bambino possa andare tanto indietro nel tempo, eppure Costanza ricordava perfettamente la prima volta che aveva sentito parlare delle Crociate, anche se allora aveva solo tre anni.

Molti episodi, molti particolari di quei giorni lontani, li aveva sentiti raccontare tante e tante volte da Alienor accanto al fuoco nelle sere d'inverno, e certamente il racconto rinforzava la memoria.

Ma quello straordinario pomeriggio ad Aquisgrana era ancora così vivo nella sua mente come se fosse passata solo una settimana, o al massimo come se si trattasse dell'estate appena trascorsa.

E non solo il pomeriggio, ma tutta la giornata che lo aveva preceduto, fino dall'alba, quando le campane di tutte le chiese di Aquisgrana avevano strappato i cittadini dal sonno suonando a distesa, come se fosse scoppiato un incendio, o come se fossero arrivati i saraceni o i terribili mongoli alle porte della città. Anche Costanza si era svegliata di soprassalto, spaventata, e aveva chiamato Alienor che dormiva con lei nello stesso letto.

Allora Alienor aveva solo quindici anni, ma nel ricordo di Costanza era già grande e forte: un solido rifugio le sue braccia nel letto, una garanzia di sicurezza il sorriso, e la calma della voce. Alienor si era alzata, l'aveva presa in braccio ed era corsa con lei alla finestra.

La sua allegra curiosità, ancora impastata di sonno, informava Costanza senza bisogno di parole che non c'era nessun incendio ad Aquisgrana, che non c'erano cattivi saraceni né terribili mongoli alle porte...

La casa dove allora abitavano era appena fuori delle mura, sulle rive della Mosa, e accanto passava la strada maestra che portava alla città. In quel 25 luglio del 1215 i bordi della strada erano fioriti di papaveri. Costanza ne rivedeva ancora, col ricordo, le macchie rosso sangue attraverso la grande polvere bianca sollevata dai piedi della gente e dalle ruote dei carri.

La strada era piena di contadini diretti in città, con i vestiti della festa, con i fagotti delle povere provviste, perché avevano intenzione di bivaccare in piazza fino al tramonto e di godersi la festa fino in fondo.

«Anche messer vostro padre andrà alla festa» disse Alienor, mettendo Costanza in piedi sul davanzale perché vedesse meglio. «Anche madonna vostra madre. Ma non così presto. Non hanno bisogno di assicurarsi un posto in chiesa con tante ore d'anticipo, loro! La corte del re ha i suoi sedili prenotati nelle prime file. E ci mancherebbe che non riuscissero a vederlo mentre gli mettono la corona, dopo che avete fatto il viaggio fin dalla Sicilia solo per assistere a questa cerimonia!»

Costanza veramente non era partita dalla Sicilia.

Era nata durante il viaggio, a Genova, dove il re col suo piccolo seguito era ospite di messer Nicolò Doria. Sua madre non aveva voluto restare in Sicilia con la sua signora, la regina Costanza d'Aragona, moglie del re, di cui era dama d'onore, ma aveva preferito seguire il giovane marito in Germania, nonostante le scomodità e i rischi del lunghissimo viaggio.

Di Genova, Costanza non ricordava niente, e nemmeno di Cremona, di Coira, di Basilea, di Francoforte... città che aveva attraversato piccolissima, avvolta in pellicce, legata alla sella di qualche mulo accanto alle gabbie dei falchi, come uno dei tanti pacchi del bagaglio reale.

Perché suo padre seguiva re Federico con l'incarico di curarsi dei suoi uccelli da preda, e per questo motivo era tenuto in grande considerazione a corte. Infatti secondo gli antichi maestri, e secondo l'opinione dello stesso re, solo un uomo di grandi qualità fisiche e morali può fare il falconiere.

E messer Rinaldo Rufo di Minervino era un ottimo falconiere. Re Federico a sua volta – che a soli diciotto anni era già re del Regno di Sicilia – andava in Germania per farsi incoronare imperatore del Sacro Romano Impero, titolo che già era stato di suo nonno Federico Barbarossa.

Costanza naturalmente allora non sapeva niente di tutto questo, e neppure aveva mai visto il re, né il re aveva mai visto lei.

I suoi primi vaghi ricordi si riferivano alla casa di Aquisgrana, al bel frutteto, alla voliera dei falconi, alle acque tiepide delle terme dove Alienor la portava qualche volta a passeggiare... Alienor era sempre stata la sua bambinaia, e Costanza passava più tempo con lei che con sua madre, madonna Yvette, che si occupava di dirigere tutte le attività della casa e seguiva il marito a corte.

Anche quella mattina madonna Yvette sarebbe dovuta andare con messer Rinaldo ad assistere all'incoronazione imperiale di re Federico.

I principi e i vescovi tedeschi finalmente si erano messi d'accordo e avevano deciso di assegnare la corona imperiale al ragazzo siciliano, il *puer Apuliae*, come lo chiamavano, invece che all'altro pretendente, Ottone di Brunswick.

Re Federico, per quanto giovane e, supponevano, inesperto, discendeva però da due famiglie nobilissime. Suo padre Enrico era un Hohenstaufen, figlio del grande Federico Barbarossa, e sua madre Costanza era la figlia del re normanno Ruggero d'Altavilla, che aveva governato con saggezza e con fasto orientale il Regno di Sicilia.

Era giusto perciò che re Federico, già re di Sicilia per via degli antenati materni, ereditasse ora il regno di Germania e l'impero dagli antenati paterni.

Tutti questi particolari allora Costanza naturalmente non li sapeva. Ne era informata però sua madre, che non stava nella pelle dalla soddisfazione di veder incoronare Federico imperatore dall'arcivescovo di Magonza. Era destino però che madonna Yvette quella mattina non dovesse sfoggiare a corte la veste leggera di seta fatta confezionare per l'occasione dalle più abili cucitrici saracene del seguito. Infatti, quando verso le otto del mattino messer Rinaldo, tutto vestito a festa, andò a bussare ai suoi appartamenti (Alienor e Costanza stavano sulle scale a origliare), si affacciò all'uscio una delle donne di sua moglie e gli disse bisbigliando: « Andate da solo, messere. Madonna Yvette non può accompagnarvi. È arrivata per lei l'ora di partorire. Andate, messere, e state tranquillo, che tutto procede come deve. Stasera, quando rincaserete dalla festa, troverete che vostra moglie vi avrà regalato un altro bambino ».

« Che la Vergine l'assista! » esclamò il giovane compiaciuto, « e voglia Iddio che questa volta arrivi un maschio! Lo chiamerò Federico Ruggero e gli regalerò...

gli regalerò... qualche cosa di splendido che mi hanno offerto in vendita giorni or sono... »

« Andate, su, messere! Non state a fare castelli in aria » gli rispose la donna, spingendolo affettuosamente giù dalle scale. « Ci sarà tempo stasera per parlare di nomi e di regali. Sbrigatevi, o volete che la cerimonia cominci senza di voi? »

Cinque minuti più tardi, Costanza e Alienor sentirono gli zoccoli dei cavalli di messer Rinaldo e dei suoi uomini risuonare allegramente sul ponte di pietra della Mosa.

La casa ora sembrava stranamente silenziosa e deserta. Dalle stanze della dama arrivavano rumori soffocati, voci basse, passi cauti, ma Alienor aveva sentito abbastanza del colloquio precedente per informare Costanza che presto, prestissimo, ci sarebbe stato un fratellino.

« Cosa facciamo? » le chiese. « Andiamo anche noi in città a vedere la festa, o restiamo qui ad aspettare il bambino nuovo? » A Costanza della festa non importava più niente, adesso: il pensiero di un bambino nuovo che si sarebbe chiamato Federico Ruggero come il re occupava tutte le sue fantasie.

Ma anche Alienor era più interessata di quello che stava capitando in casa che della incoronazione. Altrimenti non avrebbe chiesto il parere di una bambina piccola come Costanza, ma se la sarebbe caricata in spalla e l'avrebbe portata dove voleva lei, come era solita fare.

Era una strana ragazza, Alienor. Devotissima ai suoi padroni, ma testarda come un mulo riguardo a certe sciocchezze che gli altri servi non riuscivano a capire. C'era un mistero, nella sua vita, che Costanza allora intuiva appena da certe frasi, da certe occhiate...

Alienor era francese, come madonna Yvette, ma non era venuta in Sicilia con lei dalla Provenza ai tempi delle nozze del re con Costanza d'Aragona. E neppure era una serva nata in casa. Messer Rinaldo l'aveva comprata a Genova e l'aveva regalata alla moglie in occasione della nascita di Costanza.

Alienor però si vantava con gli altri servi di essere nata libera e attribuiva la sua attuale condizione a una disgraziata avventura di cui tuttavia non voleva raccontare i particolari.

Solo madonna Yvette conosceva la verità, e manteneva il segreto. Qualche volta però, quando la ragazza veniva presa dalla malinconia, la padrona le sfiorava la testa con una carezza e sospirava: « Se i preti sapessero quanti danni nascono dalle loro prediche! Se capissero quanto è lontano il loro fanatismo dalla vera religione di Cristo! »

Suo marito allora la sgridava, allarmato. « Tacete! » le diceva. « Volete metterci tutti nei guai? Non sapete che re Federico è un fedele servitore della Chiesa di Roma? Non vi basta la lezione che hanno preso i vostri genitori dentro le mura di Béziers? »

Madonna Yvette sospirava ancora e sorrideva al marito. « Mi basta » diceva. « Mi basta e mi avanza. Vi ho giurato che non mi occuperò più di queste faccende, e manterrò la promessa. Ma quando penso a quelle creature innocenti... quando mi ricordo dello stato in cui era Alienor quando ce l'hanno portata dal mercato degli schiavi... Quando penso che la stessa cosa poteva capitare a una mia figlia o a una mia sorella! »

Per tornare a quella lontana mattina di luglio, essa trascorse così lenta, che nella memoria di Costanza pareva fosse durata più di venti ore.

Alienor l'aveva portata a giocare nel frutteto dietro

la casa. Il sole ormai era alto. Le api ronzavano attorno ai calici dei gigli bianchi, l'aria tremava dal calore e la terra, all'ombra del muro ricoperto d'edera, era fresca, umida e scura, mentre Costanza scavava buche con un cucchiaio di stagno rotto.

Avevano mangiato in cucina qualche avanzo freddo. La cuoca e le sguattere non c'erano. Le più giovani erano andate alla festa in città e le più mature erano di sopra, ad assistere la dama nel parto. Però, nonostante il caldo estivo, nel camino ardeva il fuoco e sulla pietra del focolare stava a scaldarsi un canestro di vimini pieno di panni di lana.

Andarono nella voliera a visitare i falchi, ma gli uccelli sbatterono le ali sul trespolo e allungarono i becchi minacciosi senza lasciarsi accarezzare.

« Chissà se il padrone ha dato loro da mangiare, stamattina? » si chiese Alienor.

Ma certo l'ottimo falconiere non si era dimenticato del suo primo dovere quotidiano.

Il tempo non passava mai.

Finché, verso le quattro del pomeriggio, il silenzio della casa fu rotto da uno strillo acutissimo.

'È lui!' pensò subito Costanza. 'È il fratellino!'

Invece era nata Melisenda.

2

Dove le due eroine di quest'avventurosa vicenda ricevono entrambe un avvertimento del destino, ciascuna riguardo alle proprie future passioni.

Costanza non ricordava quando e chi l'avesse portata di sopra, nella stanza di sua madre. Si vedeva più tardi, seduta nel vano della finestra accanto ad Alienor, di fronte al gran letto dalle cortine di seta.

Le donne avevano sparso fasci di erba fresca per terra, per attutire il rumore dei passi, e dal pavimento saliva un buon profumo di fieno. Le finestre erano spalancate sulla sera estiva: nel cielo s'inseguivano stridendo le rondini e già cominciavano a tremare le prime stelle.

Madonna Yvette giaceva sorretta da molti cuscini, i bei capelli acconciati con cura dentro la cuffia di rete ricamata d'oro e di perle.

« Povera signora! » sussurravano le donne (non tanto piano, però, che Costanza non le sentisse). « Povera madonna Yvette! Non ha avuto fortuna neanche stavolta! Un'altra bambina, e neppure tanto cortese da aspettare domani per nascere! Povera madonna Yvette! Niente festa dell'incoronazione e niente erede per messer Rinaldo! Chissà come resterà deluso al suo ritorno! »

Messer Rinaldo, invece, non trovò niente da ridire sul sesso della neonata. Anzi, sollevò tra le braccia Melisenda, che se ne stava tra i panni caldi del canestro sulla pietra del focolare, e disse allegramente: « Bene! Almeno questa non correrà il rischio di andare a farsi ammazzare a Gerusalemme dietro a quel ragazzo temerario e incosciente dell'imperatore».

«Mi pare che il ragazzo incosciente e temerario siate voi, caro sposo» lo rimproverò la moglie, «a parlare a questo modo! E davanti alle donne... e con la finestra aperta, che chiunque passa per la strada può sentirvi. Volete metterci tutti nei guai?»

«Quale guaio potrebbe essere peggiore per noi tutti di una nuova crociata?» rispose messer Rinaldo, dando la neonata in braccio a Costanza, che si era avvicinata e ascoltava attenta.

Melisenda era rigida come un bastone, tanto strette erano le fasce che la avvolgevano dal collo ai piedi, e così poté essere tenuta da Costanza senza subire alcun danno. Ma, se anche fosse caduta malamente per terra, nessuno nella stanza ci avrebbe badato, tanto grande era l'interesse suscitato dal discorso di messer Rinaldo.

«Perché mai andate parlando di crociate?» chiese vivacemente madonna Yvette sollevandosi sui cuscini. «Sono undici anni ormai, dal vergognoso saccheggio di Costantinopoli, che ogni cristiano degno di questo nome non pensa più ai reami e alle ricchezze di Outremer».

Per Costanza questa parola, 'Outremer', aveva un sapore di favola. Come se l'insieme dei regni d'Oriente conquistati dai primi crociati non esistesse davvero sulla terra, ma facesse parte di una delle leggende che le piaceva tanto ascoltare.

«Perché volete ancora arricchirvi andando a fare i predoni in casa altrui?» proseguiva sua madre.

«Cristo non ha forse detto che il regno dei cieli è dei poveri?»

«Yvette, Yvette! Lasciate al Papa il compito di insegnarci quello che intendeva Nostro Signore! Non ostinatevi a interpretare a modo vostro le Scritture, o finirete davvero sul rogo come eretica» la rimproverò bonariamente messer Rinaldo.

A questo punto Alienor, di solito così timida, s'intromise nella conversazione. «Dovremmo vergognarci, piuttosto, tutti noi cristiani, di lasciare il Sepolcro di Nostro Signore in mano agli infedeli!» disse con veemenza, alzando la voce.

Melisenda si svegliò e si mise a strillare, e allora la più anziana delle donne corse a prenderla dalle mani di Costanza per rimetterla nella cesta accanto al fuoco.

«Vergogna!» sbuffava, accomodando i panni caldi attorno alla neonata. «Che razza di discorsi da tenere nella stanza di una puerpera! Un'altra crociata! Come se non ne avessimo ricevuto abbastanza di pidocchi, di peste, di lebbra e di tasse, noi povera gente, da quei vostri regni d'Outremer! Raccontateci piuttosto della festa dell'incoronazione, che noi qui avevamo altro cui pensare, stamattina!»

«Sì, davvero, caro sposo, raccontateci della festa» pregò madonna Yvette.

«È ben quello che stavo facendo» rispose messer Rinaldo. «Tutto si è svolto secondo il cerimoniale. Re Federico era elegantissimo, lo so che a voi donne interessa questo, seduto sul trono di Carlo Magno, col mantello di Carlo Magno, con la corona d'argento dell'impero tedesco sui capelli biondi...»

«Vorrete dire rossi» lo corresse madonna Yvette.

«Biondi» ripeté suo marito.

«Non siate testardo, messere! Quando vi vorrete convincere che il colore ramato dei capelli del nostro amato sovrano è rosso, rosso come la barba di suo nonno?»

Messer Rinaldo sospirò e riprese a raccontare. « E dopo che l'inviato del pontefice, l'arcivescovo di Magonza, gli ebbe posato la corona d'argento sui capelli... rossi, cosa ti va a combinar quel bel tipo del nostro re? Non ti afferra la croce dall'altare, la solleva e giura solennemente di partire per liberare dagli infedeli il Santo Sepolcro di Cristo? »

Madonna Yvette impallidì, ricadendo indietro sui cuscini. « Davvero ha fatto questo? Lui che era tanto amico dei musulmani, che li rispettava, che da piccolo aveva studiato con i loro maestri? Un ragazzo così simpatico, così intelligente, così generoso! »

« Non scaldatevi tanto, adesso, madonna » cercò di calmarla il marito. « Re Federico è un buon ragazzo e un amico fedele. Ma non dimenticate che adesso è anche imperatore. Ogni imperatore, quando viene incoronato, come ogni Papa quando viene eletto, bandisce una crociata. È l'usanza. Bisogna poi vedere se la farà davvero, con tutti i problemi che ha da risolvere qui in Germania e laggiù a casa nostra, nel Regno di Sicilia. Comunque è un brutto affare e avrei preferito che si lasciasse incoronare senza prendere un impegno così difficile per il futuro. Non dico che non mi piacerebbe visitare Outremer, ma in pace, da pellegrino, non per essere scannato o per scannare dei disgraziati saraceni che non hanno altra colpa se non quella di essere nati laggiù... »

« Come, non hanno altra colpa? » esclamò Alienor, accalorata. « Sono infedeli! Seguaci di Maometto! Non devono profanare i Luoghi Santi, non devono perseguitare i pellegrini! E ha fatto benissimo re Federico a promettere di distruggerli! »

« Quanto fuoco! Non si può mai fare un discorso pacato, con voi femmine » disse conciliante messer

Rinaldo. « Volete o non volete sentire il seguito della festa? »

« Sì! Sì! » dissero le donne più anziane, che si annoiavano alle discussioni sulle crociate. Tanto sapevano per esperienza che, qualunque fosse il parere della povera gente come loro, Papa e principi se ne infischiavano e facevano ugualmente quello che avevano deciso fra potenti, chiusi nelle stanze tappezzate di porpora e di arazzi...

« Dopo l'incoronazione » riprese a raccontare messer Rinaldo, « l'imperatore fece collocare i resti di Carlo Magno in uno splendido reliquiario d'argento. E siccome gli operai non riuscivano a fissarne bene il coperchio, re Federico si è strappato di dosso il mantello imperiale, si è rimboccato la veste e si è arrampicato come una scimmia sull'impalcatura per usare lui chiodi e martello. Dovevate vedere le facce della gente, soprattutto quelle dei dignitosissimi principi ecclesiastici tedeschi! »

« È ancora un ragazzo! » esclamò intenerita madonna Yvette. « E dice di voler guidare una crociata! Pensate se gli toccasse la sorte di suo nonno! Lui che è così schizzinoso che si fa un bagno completo tutti i giorni, persino la domenica! »

E qui madonna Yvette rise tanto che messer Rinaldo dovette raccontare alle donne cos'era successo al Barbarossa alla crociata.

Ventisei anni prima, il nonno dell'imperatore aveva promesso di farsi crociato, ed era partito per Outremer.

Allora era sultano degli infedeli il famoso Saladino, cavaliere coraggiosissimo di cui si raccontavano cose straordinarie. Sia della sua generosità che della sua ferocia.

« Se me ne ricordo! » esclamò ridendo la più anziana delle donne. « Per pagare le spese di quella crociata i principi cristiani ci misero una tassa, a noi poveri diavoli, come al solito. Quella volta dovevamo pagare il dieci per cento su ogni soldo che guadagnavamo col nostro lavoro e su ogni capanna, ogni casa, ogni pezzetto di terra che possedevamo... E questa tassa si chiamava la 'decima del Saladino'. Quante maledizioni gli abbiamo mandato, a lui e al Barbarossa, che il Signore lo conservi nella sua gloria! »

« Erano indispensabili i vostri soldi, cara la mia donna » continuò messer Rinaldo, « perché bisognava equipaggiare e mantenere durante la spedizione un arcivescovo, un duca, tre margravi, ventinove conti... E sapete che i signori non mangiano pappa di miglio come voi...

« Ma Barbarossa non riuscì a incontrare il Saladino e a fargli vedere com'era forte, perché dopo appena un mese di viaggio, a metà strada, morì laggiù in Turchia, sulle rive del fiume Calicadno. I suoi arcivescovi, margravi e duchi lo volevano seppellire in Terrasanta, ma il viaggio era ancora lungo e, per conservare il corpo, non avevano di meglio che un barile pieno di aceto. Ma, o l'aceto era di cattiva qualità, o la botte non teneva bene, una volta arrivati ad Antiochia, il Barbarossa puzzava tanto che dovettero bollirlo in una caldaia – come si usa in Outremer, d'altronde – per staccare la carne dalle ossa e seppellirla nella cattedrale di quella città.

« Continuarono il viaggio con le ossa, che non puzzavano, per seppellirle a Gerusalemme. Ma non ci arrivarono mai, e dovettero rassegnarsi a lasciarle nella cattedrale di Tiro. Così oggi il nonno del nostro re ha la bellezza di due tombe! »

«Non sono molte» commentò ridendo madonna Yvette. «Pensate a quei martiri che evidentemente sono stati fatti a pezzetti, visto che se ne trova un dito di qua, la lingua da un'altra parte, il piede a mille miglia di distanza, lo stinco addirittura in un altro continente... e i pellegrini devono girare il mondo spendendo un patrimonio per venerarli tutti interi!»

L'idea la fece talmente ridere che le vennero le lacrime agli occhi. E improvvisamente, con grande meraviglia di Costanza, i singulti di riso si trasformarono in un pianto dirotto.

«Troppe emozioni in un solo giorno» decretò la donna più anziana accorrendo al capezzale. «Un'altra figlia femmina e ora la minaccia di una nuova crociata! È davvero troppo, per una puerpera. Su, su! Uscite! Madonna Yvette ha bisogno di riposare!»

Ubbidirono tutti e si portarono via anche la neonata nel canestro, per metterla accanto al focolare della cucina, dove non avrebbe disturbato la madre col suo pianto.

Costanza fu portata via in braccio da Alienor. Era tranquilla, adesso che aveva visto un'altra donna occuparsi di Melisenda. Il pianto di sua madre l'aveva turbata, ma più di tutto temeva di dover dividere Alienor con la nuova arrivata, di perdere l'affetto e le attenzioni della sua bambinaia. Invece, grazie al cielo, Melisenda aveva un'altra balia, e Alienor restava tutta per lei. Alienor, mentre la metteva a letto, parlava con entusiasmo della crociata appena indetta dall'imperatore Federico, e Costanza, piena di affetto e di gratitudine, decise che dovunque Alienor fosse voluta andare, lì sarebbe andata anche lei.

La giornata che doveva segnare il destino delle due figlie maggiori di messer Rinaldo Rufo non era però ancora conclusa. Prima di sprangare la porta e spegnere i lumi, messer Rinaldo si recò nella voliera dei falconi. Voleva controllare la sistemazione di un grande falco di Islanda bianco, uno splendido esemplare che aveva comprato per farne dono al nascituro, nel caso fosse stato un maschio.

Ma il trespolo destinato al nuovo acquisto era vuoto.

Il falconiere uscì in silenzio dal locale per non disturbare gli altri uccelli. Appena fuori si mise a sbraitare, senza preoccuparsi di turbare il riposo della moglie.

Quell'animale valeva una fortuna e non conosceva ancora la strada per ritornare da solo a casa. Bisognava ritrovarlo assolutamente. Si accesero torce per tutta la casa, si aprirono le porte sul frutteto e sulla strada. I servi correvano impazziti nel giardino e nelle stalle, fino al ponte di pietra sulla Mosa. I cani abbaiavano e Costanza, che si era appena addormentata, si svegliò e si mise a piangere.

In tutto quel baccano era impossibile sentire il lieve tintinnio della campanella d'argento legata al piede del falco bianco per segnalarne la presenza. Così messer Rinaldo, gridando più forte degli altri, riuscì a ottenere il silenzio, e tutti tesero le orecchie.

Ma il silenzio nella casa era completo: non si sentivano neppure i vagiti di Melisenda. Eppure la sua prima giornata sulla terra era stata abbastanza agitata da innervosirla e farla piangere... Invece la neonata se ne stava quieta nel suo cesto, nella cucina illuminata solo dalle braci del focolare, accanto alla vecchia serva che avrebbe dovuto vegliarla, ma che, stanca per la giornata faticosa, si era addormentata, ed era così sorda che tutto il trambusto non era riuscito a destarla.

Melisenda era sveglia e fissava con interesse il grande uccello bianco appollaiato sul bordo del cesto, con le zampe immobili da cui pendeva la campanella d'argento. Forse si era rifugiato in cucina attirato dalla quiete e dal calore, forse aveva seguito un richiamo misterioso verso la bambina appena nata. Fatto sta che se ne stava lì, a fissarla con gli occhi penetranti. Melisenda restituiva lo sguardo con simpatia e con fiducia. Avrebbe agitato le mani in segno di amicizia, ma non poteva, perché le fasce di lino bianco la stringevano come un salame dal collo ai piedi.

Fu così che li trovò messer Rinaldo verso mezzanotte, la bambina e il falcone, e non seppe spiegarsi come mai l'uccello rapace non avesse scambiato la piccola per una preda, artigliandola e sbranandola. Agnelli ben più grandi e pesanti di Melisenda erano stati ghermiti e sollevati in volo dai grandi falchi d'Islanda di re Federico durante le battute di caccia nelle colline siciliane!

« Sia ringraziato il Signore! » sospirò messer Rinaldo, scuotendo per le spalle la vecchia sorda. « Se fosse stato un maschio, il falcone sarebbe stato suo. Invece ora mi toccherà venderlo per farle la dote! »

PARTE SECONDA

1222 - Il segreto di Alienor

1

Dove si seguono i progressi delle nostre eroine negli studi e si fa la conoscenza di due nuovi personaggi di sesso maschile.

Costanza si sarebbe fatta tagliare una mano piuttosto che riconoscerlo, ma non c'erano dubbi: Melisenda in matematica era molto più brava di lei. Non solo: era più brava di Konrad, che aveva già dodici anni, era maschio e passava tutto il suo tempo col naso sui libri.

Il sole di un altro luglio, quello del 1222, arroventava l'aria della stanzetta nella torre dove i tre ragazzi prendevano la loro lezione quotidiana. Davanti alla stretta finestra passavano a volo tortore e colombi, perché la colombaia era proprio in cima a quella torre. I due più grandi tracciavano con fatica sulle tavolette di pietra grigia quei segni misteriosi che, secondo il maestro Giovanni da Bologna, corrispondevano ai numeri. Melisenda invece scriveva velocissima ed era sempre la prima a terminare l'operazione e a correre dal maestro per farsi lodare. E allora Giovanni da Bologna, compiaciuto, la prendeva sulle ginocchia e le permetteva di sfogliare il suo meraviglioso libro illustrato, scritto dal sapientissimo greco Aristotele, dove c'erano le figure di tutti gli animali della Terra.

Le lezioni di Giovanni da Bologna naturalmente si svolgevano in latino, ed era un bene, perché così i tre ragazzi si tenevano allenati nella lingua delle persone colte e della Chiesa, e riuscivano a farsi capire nella vita quotidiana, quando non trovavano le parole giuste in volgare.

Ormai avevano imparato abbastanza bene il volgare del Regno di Sicilia, ma quando erano arrivati in Puglia, un anno e mezzo prima, la lingua locale era sembrata loro barbara e incomprensibile. Fra loro parlavano il volgare di Germania, dov'erano vissuti fino allora, ma, quando volevano comunicare con i servi, i contadini, gli abitanti delle campagne intorno, dovevano fare lo sforzo di esprimersi in latino, che a Costanza sembrava una lingua buffa e un po' antiquata, ma in tutto il territorio dell'impero e negli altri regni cristiani era capito da chiunque.

«Vostra sorella Sibilla non avrà questo problema» spiegava il maestro, «perché lei è nata qui in Puglia e imparerà contemporaneamente il vostro volgare e il latino, con la stessa naturalezza con cui respira».

Poi approfittava del paragone per consolare l'orgoglio ferito di Costanza. «Lo stesso succede coi numeri. Voi, madonna Costanza, e il vostro amico messer Konrad, avete iniziato i vostri studi di matematica in Germania, dove si usavano ancora i numeri romani e nessuno conosceva l'esistenza dello zero. Per questo adesso trovate così difficili i calcoli con i numeri arabi. Madonna Melisenda invece, che ha iniziato i suoi studi con me solo due anni fa, ha la mente libera da pregiudizi e non deve fare lo sforzo di dimenticare il vecchio sistema. Non dovete essere invidiosi di lei, ma avere pazienza».

Messer Giovanni da Bologna aveva studiato all'università di Pisa col celebre matematico Fibonacci ed era seguace convinto della teoria del suo maestro. Che cioè il metodo di numerazione usato dagli arabi consentiva calcoli più veloci e precisi e perciò doveva essere adottato anche in Occidente, sostituendo i numeri romani.

Costanza storceva il naso, Konrad invece non diceva niente, ma raddoppiava gli sforzi nella lettura e negli esercizi.

Konrad stava con loro da quattro anni. Era il secondogenito di un piccolo nobile della Renania e suo padre l'aveva mandato, secondo l'uso, a fare il paggio in casa Rufo. Così il ragazzo non avrebbe pesato sulle magre finanze familiari e, dall'esempio della famiglia ospite, avrebbe imparato ciò ch'era necessario a un giovane di nobile stirpe. Dalle dame le buone maniere, la musica, l'eleganza nel vestire e nei modi e la conversazione brillante. Dal prete o dal pedagogo di casa qualche nozione di lettura, scrittura e matematica. Dal cavaliere e dai suoi uomini il mestiere delle armi.

E poiché i due maschi che erano nati dopo Melisenda erano morti entrambi in fasce, messer Rinaldo si era affezionato al ragazzino tedesco e aveva chiesto di portarlo con la sua famiglia quando, nel 1220, erano dovuti rientrare in Puglia al seguito dell'imperatore.

Così Konrad veniva allevato ed educato con le figlie di messer Rufo, alle quali pochi mesi prima si era aggiunta Sibilla, e sospirando il falconiere aveva dovuto cominciare a pensare a una terza dote.

Costanza era già stata promessa al figlio di un cavaliere di Palermo, ma il fidanzato aveva solo otto anni e quindi doveva passare ancora molto tempo prima che le nozze venissero celebrate. La madre del futuro sposo aveva chiesto di educarla nella sua casa, ma madonna Yvette non aveva voluto separarsi dalla sua primogenita. Pensava anche che, come provenzale, avrebbe potuto darle un'educazione molto più raffinata di una qualsiasi dama siciliana.

Intanto i tre ragazzi, oltre al latino e al volgare, parlavano anche il francese e sapevano cantare graziose canzoni in quella lingua accompagnandosi con liuti e flauti. Anzi, Costanza e Alienor avevano fatto il patto di parlare tra loro solo in francese, perché quella – oltre a essere la lingua natale della serva – era la lingua ufficiale dei regni d'Outremer, meta di tutti i loro sogni.

Alienor continuava a vivere con loro, serviva Costanza e aveva rifiutato tutti i pretendenti – servi di casa o contadini dei dintorni – benché avesse ormai più di vent'anni.

Neppure Melisenda era ancora fidanzata. Qualche volta suo padre parlava di farla monaca per risparmiare sulla dote (i soldi ricavati dalla vendita del famoso falco bianco erano stati spesi per comprare mobili, arredi e biancheria per la nuova casa di Puglia). Ma non lo diceva sul serio. Era madonna Yvette, piuttosto, che non pensava volentieri di mandare le figlie fuori di casa, sia pure in un futuro lontano.

Quella mattina dunque, terminati gli esercizi di matematica, i tre ragazzi si strinsero attorno a Giovanni da Bologna per guardare il libro sugli animali.

Le figure erano molto belle, tutte miniate a colori vivaci e oro brillante, ma molto più deliziosa era la sensazione di fare qualcosa di proibito. La prima volta che aveva mostrato il libro ai ragazzi – svolgendolo con cura da un panno di broccato verde – il maestro aveva fatto giurare loro che non ne avrebbero parlato con nessuno.

Infatti, circa dieci anni prima, il Papa aveva proibito a tutti i cristiani di leggere Aristotele perché era stato tradotto dagli arabi e le sue opere non andavano d'accordo con la religione. « Ma il nostro imperatore lo considera il maggior sapiente che sia mai esistito e i vostri genitori sono d'accordo con lui e mi hanno dato il permesso di leggervelo. Soltanto non dovete dirlo in giro, perché rischiamo di essere accusati tutti come eretici».

Questo fatto di essere considerati eretici era una minaccia che pendeva da sempre sulla famiglia Rufo. La più sospetta era madonna Yvette, che aveva avuto i genitori uccisi nell'assedio di Bezier quando la città provenzale si era rifiutata di consegnare all'esercito del Papa 'la brava gente', cioè gli eretici chiamati albigesi, che predicavano la povertà, la semplicità, la mitezza e condannavano l'avidità e la violenza degli uomini di Chiesa.

Se i cittadini di Bezier avessero consegnato gli albigesi, questi soltanto sarebbero stati processati per le loro idee e uccisi, ma il popolo stimava la 'brava gente' e inoltre il conte di Tolosa e i provenzali non volevano intromissioni esterne sulle loro terre.

Così l'intera città era stata assediata, ventimila innocenti erano stati uccisi e gli altri erano fuggiti. Madonna Yvette, che era una ragazzina, fu raccolta da un cavaliere suo parente, che serviva nell'esercito di Alfonso, conte di Provenza. Proprio in quel tempo la sorella del conte si era sposata con re Federico e il fratello, con cinquecento cavalieri, l'aveva accompagnata in Sicilia. Anche Yvette era andata al seguito della regina Costanza, e così aveva conosciuto il giovane falconiere Rufo e lo aveva sposato, benché fosse solo un borghese, figlio di un mercante, perché lei era nobile, ma era rimasta sola al mondo e senza un soldo.

Lo sposo, anche lui, era in sospetto di eresia, perché leggeva non solo Aristotele, ma anche l'arabo Avicenna, conversava amichevolmente con musulmani ed ebrei ed era ammesso alle riunioni serali di re Federico, dove si parlava di scienza e di filosofia senza alcun riguardo per l'opinione dei preti.

Anche re Federico era sospettato di eresia, ma nessuno riusciva a dimostrare niente contro di lui, che anzi si dichiarava fedelissimo servitore del Papa e da poco aveva fatto delle nuove leggi proprio contro gli eretici e gli ebrei. E così, poiché messer Rinaldo era protetto dall'imperatore, nessuno lo accusava apertamente e ci si limitava a pettegolezzi sottovoce.

Perciò i tre ragazzi non prendevano troppo sul serio le raccomandazioni di Giovanni da Bologna, e avevano tanta paura dell'accusa di eresia quanta ne avevano di 'Rericcardo'.

Quella di Rericcardo era una novità introdotta in famiglia dalla bambinaia di Sibilla. Costanza aveva Alienor, Melisenda aveva avuto una tedesca, e Sibilla aveva una balia saracena.

Selima era una giovane schiava comprata al porto di Brindisi col suo bambino di un anno, Nureddin, e allattava Sibilla cantandole le canzoni della sua gente. Una di queste canzoni diceva:

«Dormi, dormi, piccolino.
Chiudi gli occhi, dolce sguardo!
Posa il capo sul cuscino,
se no arriva Re Riccardo».

Alienor invece a Costanza aveva cantato:

«Dormi, dormi, piccolino.
Chiudi gli occhi e non frignare:
sta arrivando d'Oltremare
il feroce Saladino!»

E, man mano che le bambine crescevano, la minaccia più terribile, il castigo più grave per ogni capriccio, per ogni disubbidienza, era stato sempre lui, il feroce Saladino. « Guarda che chiamo il Saladino! », « Attenta, che arriva il Saladino e ti mangia! », tanto che era finito per diventare un personaggio familiare e nemmeno lo temevano più, anche perché – nonostante secondo Alienor fosse sempre in agguato dietro alla porta – in realtà non era venuto mai.

Dai racconti dei grandi, Costanza e Konrad sapevano che Saladino era esistito realmente e che trentacinque anni prima aveva strappato Gerusalemme ai principi cristiani, dopo tutta la fatica che avevano fatto per conquistarla durante la prima crociata! Da allora il Santo Sepolcro era in mano agli infedeli, e tutti gli sforzi dei Papi e dei principi per riprenderselo non erano valsi a niente.

Se Saladino era il 'cattivo' di tutti i racconti sulla terza crociata, il 'buono', l'eroe della stessa vicenda, quello che lo aveva tenuto a bada e ne aveva punito le nefandezze, era Riccardo Plantageneto, re d'Inghilterra, chiamato per il suo coraggio 'Cuor di Leone'. Riccardo era un cavaliere senza macchia e senza paura, bellissimo, coraggiosissimo, cortese e generoso, diceva Alienor...

Ma quando Nureddin piangeva, o si avvicinava troppo alle braci del focolare, o strappava il velo dal volto di sua madre, o cercava di mettere le dita negli occhi di Sibilla, che era tutta fasciata e non poteva difendersi, bastava che Selima dicesse « Guarda che chiamo Re-riccardo » perché il piccolo saraceno cessasse immediatamente le sue malefatte e corresse spaventato a nascondere il capo fra le sue gonne.

Dietro richiesta di Melisenda, Selima raccontava le terribili crudeltà, le imprese scellerate, le azioni malvagie compiute da Riccardo Cuor di Leone contro le inermi popolazioni musulmane dei regni d'Outremer... non solo, ma a sentir lei Saladino era un cavaliere mite, cortese, generoso, oltre che bellissimo e invincibile. Costanza era sconcertata. Forse Selima era una bugiarda, come tutti i cani infedeli che non conoscono le leggi di Nostro Signore.

Ma Konrad, che era molto saggio perché passava tutto il tempo col naso sui libri, la informava delle sue riflessioni: « È logico » diceva. « In guerra ognuno cerca di fare il maggior male possibile ai nemici. Così gli antenati di Selima hanno ricevuto da Re Riccardo tanto male quanto i nostri ne hanno ricevuto dal Saladino. E ogni popolo ricorda più volentieri il male che ha ricevuto che non quello che ha fatto... »

Costanza non era convinta. « Tu vorresti darmi a intendere che è la stessa cosa, ma non è vero. Riccardo stava dalla parte della ragione e Saladino da quella del torto. Quindi è giusto che venisse punito, lui e il suo popolo ».

« Sarà come dici tu » ammetteva Konrad, che aveva un carattere conciliante. « Però io ho fatto un'altra considerazione: Saladino se ne stava a casa sua, nel suo paese, e Riccardo se ne sarebbe potuto restare anche lui in Inghilterra... »

« Bravo! » esclamava seccata Alienor. « E così chi avremmo chiamato noi donne per spaventare i bambini disubbidienti? »

2

Dove si assiste a una cena di domestici e ragazzi in assenza dei padroni, con notizie da lontano e inspiegabili turbamenti.

Fra i compiti di madonna Yvette nell'amministrazione della casa, c'era quello di assicurarsi che tutti i servi, prima di andare a dormire, ricevessero un buon pranzo e la giusta razione di vino. « Ma... » ammoniva il libro di istruzioni domestiche che Michele Scoto le aveva portato dalla Francia, « appena cominciano a raccontarsi storielle, o a discutere, o a ciondolare puntellandosi sui gomiti, devi ordinare al capoccia di farli alzare e di sparecchiare la tavola, perché il popolino ha detto: 'Quando il servo si ferma a tavola e il cavallo pascola sui fossi è ora di farli muovere perché ne hanno avuto abbastanza' ».

Ora però madonna Yvette era assente e, dopo cena, i servi si trattenevano a tavola a ridere e a chiacchierare per tutto il tempo che gli pareva. Non solo, ma invitavano anche degli estranei: forestieri di passaggio, chierici vaganti, menestrelli, per farsi raccontare le novità del regno. E Konrad, che avrebbe dovuto sorvegliarli, ammonirli e riferire alla dama del suo ritorno, se ne stava anche lui seduto sulla panca accanto alla lunga tavola che, per il caldo, era stata apparecchiata all'aperto. Era curiosissimo delle notizie portate dai girovaghi e, se fosse stato per lui, sarebbe rimasto ad ascoltarli fino all'alba.

Costanza e Melisenda avevano giurato di non fare la spia a patto di poter assistere anche loro all'intrattenimento, e così soltanto Sibilla e Nureddin erano assenti alla riunione sotto la pergola del cortile.

L'attrazione di quelle sere era un menestrello toscano che si recava in Sicilia per imparare nuove canzoni dai trovatori di corte.

« Hai scelto un brutto momento, fratello » gli disse Alienor che faceva gli onori di casa perché le donne di madonna Yvette erano partite con la padrona. « La corte è in lutto perché, il 23 giugno scorso, è morta la regina Costanza. I padroni sono partiti per assistere al funerale. La nostra dama era molto affezionata alla regina, perché da ragazza faceva parte del suo seguito, e anche messer Rinaldo la conosceva. Le aveva insegnato a cacciare col falcone... »

« E qui, nel regno, cosa succede di nuovo? »

« Niente di particolare. Re Federico si sta facendo costruire un palazzo a Foggia: è un anno che sono iniziati i lavori... Dicono che sarà una reggia più bella di quelle dei califfi d'Oriente, più lussuosa del palazzo di re Ruggero a Palermo... Pensa che l'acqua arriva direttamente alle camere da letto attraverso un sistema di tubi di piombo... »

« Che stranezza! Ma già, me lo avevano raccontato. Re Federico ha delle strane abitudini. Si fa il bagno tutti i giorni come gli infedeli di Outremer... »

« Che il Signore lo perdoni! Non è bene avere troppa cura del corpo. Bisogna mortificarlo in espiazione dei nostri peccati! »

« Voi evidentemente non avete molti peccati da farvi perdonare, damigella! » osservò argutamente l'ospite. Alienor era molto elegante, con la sua veste di seta a righe di vari colori, le soprammaniche rovesciate sulle spalle a lasciar vedere le maniche aderenti e l'acconciatura del capo all'ultima moda. Ci metteva un tempo lunghissimo, tutte le mattine, a rasarsi la fronte e a coprirsela di biacca, così che una perla sospesa a una catenina non vi avrebbe avuto alcun risalto. Costanza la spiava interessata dal letto, sospirando il momento in cui anche a lei sua madre avrebbe permesso una pettinatura simile.

« Non essere impertinente, straniero! » rispose al complimento Alienor. « Non sai che re Federico ha fatto delle nuove leggi contro i menestrelli? »

« Povero me! Davvero? » chiese l'ospite.

« Sì » lo informò Konrad, « è stato nel maggio scorso, alla Dieta di Messina. Gli ebrei sono obbligati a indossare tuniche azzurre con un marchio giallo e devono farsi crescere la barba per essere riconosciuti facilmente. E i suonatori girovaghi e i menestrelli saranno messi fuori legge se disturberanno la quiete pubblica con canzoni oscene ».

« Ma serenate oneste ne possono cantare? »

« Sì. Penso di sì ».

« Allora ne canterò adesso una per voi, madamigella Alienor, se permettete ».

Alienor protestava, ma era lusingata. Costanza sospettava che la sua bambinaia incoraggiasse l'ospite toscano per ingelosire Folchetto, uno degli scudieri, che da qualche mese le faceva la corte. Finita la serenata e bevuto un altro boccale di vino, il menestrello si mise a interrogare i commensali su un argomento che fece drizzare le orecchie a Costanza.

« Ma insomma, questo vostro re Federico parte o non parte per la crociata? Sono passati sette anni, da quando lo ha promesso, ma mi sembra che continui a trovare scuse per non muoversi... Prima non ha abbastanza soldi, poi non ha abbastanza uomini, poi deve occuparsi dell'amministrazione della Germania, poi deve fare incoronare il bambino, poi deve domare i baroni ribelli del Regno di Sicilia... Mi sa tanto che non ha molte intenzioni di andare a conquistare il Santo Sepolcro... »

« Ma no! Cosa dite! » protestò Giovanni da Bologna che fino ad allora aveva sonnecchiato appoggiato al tronco della vite, un po' intorpidito dalla digestione e dal vino denso di Puglia. « Ha giurato solennemente a Papa Onorio che andrà in Outremer appena avrà sconfitto definitivamente i saraceni di Sicilia... »

« E farà bene a mantenere la promessa, perché questo nuovo Papa ci tiene, a Gerusalemme, e non sopporterà di essere preso in giro come Innocenzo III ».

« Re Federico non vuole prendere in giro nessuno » protestò allora Costanza. « L'anno scorso ha mandato il suo cancelliere e il suo ammiraglio in Egitto in aiuto ai principi che assediavano Damietta. Non è colpa sua se quelli non hanno aspettato i rinforzi per attaccare e sono stati sconfitti ».

« Lui non c'è andato, però, a quella crociata. Preferisce cacciare gli infedeli dalla Sicilia piuttosto che dal Sepolcro di Cristo ».

« E fa bene, tanto più che i ribelli sono aiutati da un traditore. Costui era l'ammiraglio del re, godeva di tutta la sua fiducia, tanto che fu lui a scortare in Germania la regina Costanza e il principino, qualche anno fa. Ma quando re Federico è tornato e ha cacciato dall'isola i genovesi, l'ammiraglio, che era genovese, è fuggito anche lui e si è messo a fare il pirata per i saraceni ribelli insieme con un altro sciagurato nativo di Marsiglia... »

« Oh, guarda! Due pirati cristiani al soldo dei saraceni! E quali sono i loro nomi? »

« Guglielmo Porco e Ugo da Fer... Ma cosa avete,

Alienor? Cosa vi succede, ragazza? Un po' d'acqua, presto, presto! »

Al sentire i nomi dei due pirati, Alienor era diventata pallida come una morta ed era scivolata giù dalla panca senza emettere un suono.

Le altre donne accorsero strillando, rovesciando le stoviglie sulla tavola. Folchetto si precipitò a sollevarla e la depose svenuta su una panca, guardandola con apprensione. Anche Giovanni da Bologna si avvicinò a guardarla pensieroso. « Perché mai questi due nomi le devono fare tanta impressione? » borbottava fra i denti.

La ragazza fu trasportata a casa e messa a letto. Costanza le rimase al fianco, nonostante le donne cercassero di allontanarla. A poco a poco Alienor si riprese, ma quando ebbe aperto bene gli occhi e compreso dove si trovava, scoppiò in un pianto dirotto e voltò la faccia contro il muro.

Visto che non era grave, le donne la lasciarono sola con Costanza e tornarono a tavola. « È matta come un cavallo, quella ragazza! » commentavano. « Sbrigatevi a sposarla, Folchetto, e a farle mettere la testa a partito. La padrona e la padroncina la viziano troppo e crede di essere chissà chi... »

Il menestrello cominciò a raccontare le novità di Roma, che aveva appena visitato; la conversazione divenne generale e nessuno pensò più allo svenimento di Alienor.

Ma Costanza, seduta al buio accanto al letto, carezzava la mano fredda della sua bambinaia e la consolava sottovoce. « Non piangere, cara, non piangere. Non è successo nulla... Non vuoi dirmi perché ti sei turbata tanto? »

Ma Alienor continuava a singhiozzare e faceva di no con la testa.

3

Dove maestro Giovanni e il giovane Konrad vanno alla ricerca di Melisenda scomparsa.

Il ritorno di messer Rinaldo e madonna Yvette era previsto per quella sera, e intanto Melisenda era scomparsa, com'era sua abitudine in tutte le occasioni importanti.

Certo era partita all'alba per una delle sue solite spedizioni sulle colline, perché quando Selima aveva chiamato i ragazzi per il pasto delle dieci del mattino, Melisenda non c'era e nessuno era riuscito a trovarla.

Avevano cercato nelle due torri basse e tozze che fiancheggiavano la casa, nella voliera dei falconi, nelle scuderie, in cantina fra i barili di sale e i sacchi di legumi... L'avevano chiamata fra gli aranci e le palme del giardino, nel cortile interno, fra i polli, i maiali e le capre...

Selima piangeva asciugandosi gli occhi con un lembo del velo che le copriva la metà inferiore del volto. « Cosa diranno i padroni stasera? » singhiozzava. « Ci faranno frustare, ci chiuderanno nella prigione del castello, ci venderanno a qualche signore malvagio, mi toglieranno Nureddin! »

« Non fare tragedie! » la sgridava Alienor. « Gli strilli non servono a ritrovare madonna Melisenda. E, comunque, prima del tramonto tornerà da sola a casa. È successo altre volte. E se non torna prima dell'arrivo dei padroni, ce la caveremo con qualche frustata. Madonna Yvette non è una dama crudele... »

Costanza però non voleva guastare la festa del ritorno dei genitori con l'assenza della sorella, e pregò Konrad di farsi accompagnare per le colline da Giovanni da Bologna e di non tornare finché non avessero ritrovato Melisenda.

Giovanni da Bologna si alzò da tavola bofonchiando: era seccatissimo di dover interrompere il pasto, ma sapeva che, se non avesse obbedito alla figlia del padrone, avrebbe rischiato di dover rinunciare per sempre alla buona cucina di casa Rufo!

Uno dei misteri della famiglia, che i tre ragazzi si sforzavano invano di spiegare, era la grande magrezza di maestro Giovanni.

Mangiava quantità enormi di cibo e beveva in proporzione. Aveva sempre fette di pane, dolci, frutta secca nelle saccocce del vestito... Accanto al letto, nella sua camera imbiancata a calce, un prosciutto era appeso alla trave del soffitto, e dalla cassapanca dove conservava gli abiti e i libri trapelava un odore sospetto di formaggio... Quando si trovava in visita da qualche contadino dei dintorni, non rifiutava mai la tazza di latte o la schiacciata di cereali. Eppure rimaneva magro come un chiodo e al posto dello stomaco, sotto la veste bruna stretta da una cintura di pelle, c'era una cavità, non la sporgenza rotonda che sarebbe stato logico aspettarsi.

«Avrà una malattia che lo rode e che consuma al suo posto tutto il cibo che inghiotte...» sostenevano i servi, ammirati dall'enorme capacità del suo ventre piatto.

Invece maestro Giovanni aveva confidato a Konrad che la sua fame insaziabile era un ricordo del tempo in cui era studente a Bologna e riusciva sì e no a procurarsi ogni due giorni una ciotola di disgustosa pappa di ghiande e farina...

A parte i numeri arabi (soprattutto lo zero, per il quale aveva una vera passione), il cibo era l'argomento di conversazione preferito dal maestro.

Anche quel giorno, mentre s'incamminava con Konrad verso la campagna aperta, in direzione del bosco e del castello, sbocconcellava il resto di un dolce di mandorle che si era trovato in tasca e parlava delle pietanze che certamente i padroni avevano assaggiato alla corte di Palermo in occasione dei funerali.

« È estate... Di sicuro ci sarà stato lo scapece... I cuochi del re sono maestri nel prepararlo con le verdure e il pesce. E lucci in gelatina, conditi con vero pepe, e poi formaggi freschi, prosciutti, e meloni dolci ghiacciati, e uva nera, e quei fichi spaccati con la goccia di miele!... Dite la verità, messer Konrad, anche a voi sarebbe piaciuto partecipare al banchetto funebre della regina Costanza! »

Konrad disse che non ci avrebbe tenuto affatto. Anzi, era ben contento di aver evitato la tortura dei pesantissimi piatti siciliani. Il suo ricordo più sgradevole, quando era arrivato in Puglia dalla Germania, era stato l'incontro con la cucina locale. Nella sua patria era abituato a una dieta molto semplice: suo padre, al castello, si nutriva di selvaggina e cosciotti di bue, salati o affumicati a seconda delle stagioni; minestre di grano o avena, pappa di castagne e qualche rarissimo dolce di mele. Per bere, birra robusta, e tutto finiva lì.

Anche in Germania si usavano il pepe e le spezie per insaporire i cibi, specialmente d'estate, quando si mangiava la selvaggina fresca e la carne, per il caldo, dopo qualche giorno prendeva un sapore troppo forte... Ma pepe e spezie venivano da lontano e costavano carissimi, e Konrad li aveva conosciuti solo in casa di messer Rufo.

Comunque, a lui le pietanze troppo complicate non piacevano e madonna Yvette aveva ordinato ad Alienor che lo lasciassero in pace alla sua dieta di carne salata, formaggio e legumi.

Quello che lo incuriosiva nella cucina del Regno di Sicilia, era la grande quantità e varietà di ingredienti che provenivano dal mondo vegetale.

Konrad non era bravo come Melisenda in matematica, ma in compenso era appassionato del mondo delle piante e gli piaceva disegnarle e studiarle. Anche ora, mentre camminava a fianco di Giovanni da Bologna sulle pendici ventose delle Murge, non cessava d'interrogare il maestro su ogni erba che cresceva lungo la strada.

« Questa è mentuccia » diceva maestro Giovanni, « e questo è timo e quelle foglie lì in fondo sono crescione... Tutte ottime per insaporire i cibi, per fare insalate. Ma più che in aperta campagna, mi piace passeggiare negli orti e nei giardini: asparagi, cetrioli, cavolfiori, prezzemolo... e poi pere, arance, fichi, datteri, mandorle, melograni!... Siano benedetti per sempre gli arabi che hanno insegnato ai contadini d'Italia a coltivare tutte queste squisitezze! »

4

Dove maestro Giovanni e il giovane Konrad ritrovano Melisenda intenta a una caccia singolare.

Sempre conversando di erbe e di roba da mangiare, Konrad e il maestro arrivarono in un campo dove un bambinetto mezzo nudo, seduto su un sasso, custodiva un gregge di pecore.

Il campo era riparato dal vento e il sole picchiava forte.

Le bestie si erano ammassate tutte all'ombra dell'unico albero, serrate le une contro le altre. Il bambino le guardava senza troppa attenzione e zufolava un'arietta di tre sole note su un flauto di canna. All'ombra di un cespuglio di ginepro, lì vicino, si vedeva una brocca di coccio mezzo sotterrata per tenere l'acqua in fresco.

Maestro Giovanni e Konrad sudavano.

« Ehi! » gridò da lontano maestro Giovanni. « Ehi, pastore! Hai visto per caso madonna Melisenda, la seconda figlia di messer Rufo? »

Il bambino indicò col braccio un punto verso il bosco e mugolò qualcosa d'incomprensibile.

« Sono davvero barbari, questi villani! » commentò sprezzante maestro Giovanni. « Non conoscono né onore né cortesia! »

Però seguì la direzione indicata dal bambino.

Arrivarono così a una casupola che sorgeva al limite del bosco. Era una bassa costruzione circolare, costruita in pietra bianca, col tetto a cono, anch'esso di pietre tagliate a scaglie. Addossata alla parete posteriore c'era una tettoia di frasche per gli animali e, tutt'intorno, un muretto a secco, dove la notte venivano radunate le pecore per la mungitura.

Un altro muretto a secco delimitava un piccolo orto coltivato a zucchine e cetrioli, e una donna – certo la padrona di casa – stava china a legare i gambi di quelle piante a delle cannucce infisse nel terreno.

« Vedo che ve la cavate bene, con l'orto, buona donna! » l'apostrofò Giovanni da Bologna salutandola. « Non potreste offrirci un bicchiere d'acqua fresca? »

La donna entrò nella casa e ne uscì con una tazza di coccio. « È l'ultima » disse, « abbiamo finito la provvista. Il mio figlio maggiore è andato a prenderne due orci alla sorgente, ma sono tre ore di cammino e il ragazzo è piccolo, non riesce a trasportarne di più... e stasera, dopo il tramonto, dobbiamo anche innaffiare, altrimenti le piante si seccano ».

Maestro Giovanni ringraziò e cominciò a bere con delizia l'acqua freschissima, guardando speranzoso i cetrioli che sembravano maturi al punto giusto per essere assaggiati.

Ma la donna non gli offrì di coglierne uno. « Avete ragione, ce la caviamo bene » disse invece, « ringraziando Nostro Signore e re Federico, che ha riportato la pace e ci ha dato leggi giuste e precise. Con gli ortaggi che mandiamo al castello possiamo risparmiare qualche giorno di corvée, così il mio uomo può accudire a un altro pezzettino di terra lì dietro, coltivato a grano. Il vino – ne facciamo cinquanta litri ogni vendemmia – è molto buono e lo vendiamo ai frati per la messa. Così ogni cinque anni possiamo comprare abiti nuovi per noi e per i bambini. Metà del latte lo dobbiamo mandare al barone, al castello, in cambio della sua protezione dai ladri e dai saraceni, ma con l'altra metà possiamo fare un po' di formaggio per l'inverno... La lana delle pecore dobbiamo venderla al re: sapete, lui solo può commerciarla e la paga poco. Ma ci permettono di salare la carne degli agnelli che dobbiamo macellare d'inverno, quando il gelo brucia l'erba e non c'è più pascolo. Vendiamo anche quella al mercato, quando macelliamo il maiale, e così possiamo comprare e mettere da parte abbastanza grano, ceci e fave per non morire di fame! »

E, soddisfatta d'aver saputo esporre così bene ai due forestieri la sua economia domestica, tornò a occuparsi degli ortaggi di cui non avrebbe mai assaggiato il sapore.

Konrad le corse dietro per chiederle se avesse visto Melisenda. La donna scosse il capo, ma le brillarono gli occhi e rispose, senza una logica apparente: « Però Guglielmo è nel bosco a raccogliere ghiande per il maiale ».

In mancanza di meglio, penetrarono nel bosco seguendo le tracce del misterioso Guglielmo. Costui non era altro che un sudicio bambinetto seminudo, munito di una lurida bisaccia di tela dove avrebbe dovuto riporre le ghiande raccolte.

Quando Konrad e maestro Giovanni lo avvistarono, però, Guglielmo non stava procurando il cibo al maiale di casa, ma se ne stava naso all'aria sotto un albero alto e fronzuto, tenendo steso un lembo della sudicia camicia. « Secondo me si rompe, se lo gettate. Però fate come credete meglio, madonna » diceva con molto rispetto a qualcuno che stava sull'albero, nascosto dalle fronde.

« Melisenda! » sussurrò Konrad.

« Ssstt! » fece maestro Giovanni, tirandolo a sé per nascondersi dietro a un cespuglio.

Subito dopo infatti si sentì la voce di Melisenda: « Non so come fare a scendere, Guglielmo. Ho legato alla cintura il lembo della veste, ma è così piena di uova che se non te ne getto qualcuno, non mi posso muovere ».

« Gettate, allora! » sospirò Guglielmo rassegnato.

Splash! Ciaff! Per fortuna la camicia del piccolo villano era già così sporca che le uova spiaccicate non vi aggiunsero macchie che facessero molto contrasto.

« Peccato! Se erano fresche potevamo mangiarle! » sospirò il bambino, che non era abituato a veder sprecare così il cibo. Ma non disse niente per non disturbare Melisenda che scendeva cautamente lungo i rami. Arrivata alla biforcazione principale del tronco, però, la bambina dovette fermarsi.

« Non ho più appiglio, Guglielmo. Devo per forza saltare. Ma cosa ne sarà delle uova, se non riesco a cadere in piedi? »

« Si romperanno, come quelle che avete gettato » disse con logica stringente il bambino.

« E così tutta la nostra fatica sarà sprecata. Io non salto ».

« Non vorrete restare lassù fino a notte? Anzi, se non volete saltare, dovrete restarci tutta la vita... »

« Ma no! Non così a lungo! Solo fino a che le uova si schiudono... Chissà, magari erano nel nido da tanto tempo e la cova è quasi terminata... »

« E cosa mangerete nel frattempo? E se la notte farà freddo? E se tornano i padroni del nido? I falchi sono terribili, quando si arrabbiano... » insisteva Guglielmo preoccupato.

« Non so cosa farò, in quel caso. Deciderò sul momento. Ma adesso non posso saltare ».

« E se andassi al castello a chiedere una scala? »

«Bravo! Intanto, chi vuoi che ti dia retta, al castello? E poi, se il barone viene a sapere che ho raccolto le uova nel suo bosco, le vorrà per sé e addio mio bel falcone!»

«Potrei andare in cerca di aiuto a casa vostra».

«Così mi prenderei una bella razione di frustate! No, Guglielmo, non c'è altro da fare. Bisogna aspettare che le uova si schiudano... Speriamo che nella mia veste stiano abbastanza al caldo».

A questo punto Konrad non riuscì a trattenersi e la sua risata echeggiò nel bosco, facendo sussultare il piccolo Guglielmo, che raccolse la sua bisaccia e fuggì svelto come una lepre.

«Madonna» chiese con molta serietà Giovanni da Bologna uscendo allo scoperto, «cosa fate lassù? Se non ho inteso male, state covando».

«Sì, sto covando, e Konrad non ha niente da ridere... Visto che mio padre non me lo vuole regalare, ho deciso di procurarmi da sola un falcone... Almeno un uovo sarà quello buono, no? Ne ho raccolti più di dieci... E quando il pulcino nascerà, lo alleverò, lo addestrerò e vi farò vedere se non posso essere anch'io un falconiere bravo come re Federico!»

«Questo ce lo dirà il futuro» disse maestro Giovanni, cercando di rimanere serio. «Io credo comunque che possiate continuare la cova a casa. È più comodo. Guardate, se vi calate tenendovi a quel ramo e poggiate il piede sulla mia spalla, riesco a prendervi e a mettervi giù senza danneggiare le uova».

Mantenne la promessa e depose gentilmente Melisenda sull'erba. «Mostratemi il vostro bottino» le chiese poi. «Non accamperò diritti come il barone, state tranquilla».

Melisenda sciolse con precauzione un lembo della

veste, e allora fu maestro Giovanni a non poter trattenere una risata. « Uova di falco queste! Ma non eravate la mia allieva più brava in storia naturale? Queste sarebbero uova di falco, secondo voi! A che vi ha giovato il libro di Aristotele? Queste sono uova di tordo, povera Melisenda! E volevate restare a covarle sull'albero fino alla fine dei tempi... »

Melisenda guardò offesa i suoi due sghignazzanti salvatori. « Lo sapevo » mentì. « Ma non sono tutte uova di tordo. Guardate, ce n'è uno diverso, più grande, più scuro, e quello è certo un uovo di falco ».

Maestro Giovanni guardò e si fece attento. « Perbacco, è vero! C'è un uovo diverso dagli altri. E lo avete trovato sul serio nello stesso nido? »

« Lo giuro sulla Vergine » rispose solennemente la bambina.

« Che strano! » bofonchiò il maestro. « Vale davvero la pena di covarle, queste uova, per chiarire il mistero. Su, giovani signori, presto, a casa, che i padroni stanno per tornare e il mio stomaco dice che è ora di cena! »

5

Dove Konrad riceve un regalo e tutti gli altri notizie dalla Sicilia.

Melisenda si accorse che i genitori erano già arrivati appena svoltarono l'angolo vicino all'abbeveratoio e la casa, fino allora nascosta dalla collina, apparve da lontano in fondo alla strada polverosa.

Non era un castello, ma neppure una capanna, la casa di messer Rufo! In origine era stata una vasta fattoria, e fattore del barone era stato il nonno di messer Rinaldo. Suo padre però – di ritorno da una crociata – era diventato mercante e aveva riscattato la casa e il terreno attorno, facendo cintare il giardino e piantandovi alberi da frutto: mandorli, aranci, susini, albicocchi, palme, per la gioia degli occhi e del palato.

Anche messer Rinaldo sarebbe diventato un mercante, se un ospite saraceno che aveva dei commerci con suo padre non lo avesse istruito fin da piccolo alle arti della falconeria e non lo avesse poi condotto in Sicilia, alla corte di re Federico, che allora aveva solo tredici anni e prediligeva la compagnia di stallieri e falconieri. Rinaldo era piaciuto al re ed era rimasto a corte a occuparsi dei falconi reali. Poi aveva seguito re Federico in Germania e, quando la corte era tornata in Italia, aveva chiesto e ottenuto di stabilirsi nella casa di suo padre, sulle pendici delle Murge.

Così ora l'antica fattoria era diventata un allevamento di falconi reali e dipendeva direttamente dal re, anche se legalmente la famiglia di messer Rufo era vassalla del barone di Minervino, dato che viveva dentro i confini del suo territorio. Ma poiché il barone era a sua volta vassallo del re, doveva a malincuore rinunciare alla sua autorità, alle tasse e al servizio della famiglia del falconiere.

Maestro Giovanni guardò con tenerezza la casa che da qualche anno era diventata il suo rifugio e s'immaginò con impaziente delizia la tavola apparecchiata.

Anche Konrad aveva visto i cavalli legati nel cortile e una luce accesa al primo piano, alla finestra della camera di madonna Yvette. 'Arriviamo in ritardo' pensò stizzito. 'Speriamo che non abbiano fatto caso alla nostra assenza!' E, visto che tanto ormai non ce la faceva più a dare il benvenuto alla sua dama sulla soglia della casa, si attardò un momento a cogliere dei rametti fioriti di mirto da un cespuglio e a comporre un piccolo mazzo profumato.

Melisenda invece fece l'ultimo tratto di strada di corsa, del tutto dimentica delle uova che le ballavano pericolosamente nella veste ripiegata. Se ne ricordò nell'attimo in cui suo padre, richiamato sulla soglia da tutto quel chiasso, cercò di prenderla al volo per sollevarla in alto come era sua abitudine.

« Non toccatemi! » strillò la bambina. « Lasciatemi stare! Potreste rompere il mio uovo di falcone! »

E questo fu il suo primo saluto a messer Rinaldo dopo un'assenza di due mesi. Naturalmente dovette spiegare e raccontare della sua spedizione e messer Rinaldo rise molto, ma la rimproverò ricordandole che l'imperatore e i falconieri anziani sconsigliavano di allevare i falconi fin dall'uovo, perché è difficilissimo nutrire bene i pulcini e poi non si riesce ad addestrarli alla caccia. « Non è consigliabile neppure prenderli dal nido quando ancora non sanno volare, anche se qualcuno potrebbe pensare che, più piccoli li si porta in casa, più facilmente si addomesticano... Bisogna cominciare con un uccello giovane, ma con le ali già robuste... come per i falconieri. Perciò abbiate pazienza, figlia mia. Quando anche voi avrete l'età giusta, vi procurerò io il falcone più bello del regno! »

Così Melisenda, tutta consolata, poté correre a mostrare le sue uova di tordo alla madre.

Madonna Yvette sedeva con Costanza e Alienor sotto il pergolato del giardino. Era vestita a lutto, a causa della morte della sua antica protettrice, ed era un po' stanca e malinconica. Ma sorrise a Konrad che le presentava i suoi omaggi e il mazzolino di mirto.

« Preferisco questo profumo persino a quello del gelsomino » gli disse gentilmente. E raccontò che un giardiniere saraceno del re le aveva procurato dei gelsomini spagnoli da piantare proprio sotto le finestre, in modo che si arrampicassero fino al balcone.

« A proposito di regali e di gelsomini, ho un regalo per voi, Konrad » disse, ricordando improvvisamente. « Non potreste mai immaginare di cosa si tratta e chi ve lo manda! »

Al ragazzo brillarono gli occhi di gioia. « Un regalo da Palermo! Sarà qualcosa di meraviglioso! Ma io a Palermo non conosco nessuno ».

« Viene da molto più lontano, infatti » disse madonna Yvette, ordinando ad Alienor di andare a prendere la sua cassa da viaggio più piccola. Era una cassa di legno scolpito, con quattro anelli di ottone dove i servi infilavano i bastoni per trasportarla, ma adesso era vuota perché madonna Yvette aveva già disfatto i bagagli. Restava solo un oggetto involto in un pezzo di panno scarlatto.

« Mio padre! » gridò Konrad riconoscendo il disegno della stoffa. « Un regalo da parte di mio padre! Ma come mai era finito a Palermo? »

« L'ha portato il cavalier Ermanno di Salza, il Gran Maestro dei Cavalieri Teutonici a cui vostro padre l'aveva consegnato ».

« Di Salza in Sicilia! Allora il re parte per la crociata! » gridò Costanza.

« Svolgi il panno, Konrad! Vediamo il regalo di tuo padre! » gridò contemporaneamente Melisenda.

Madonna Yvette rise. « Della crociata parleremo più avanti, quando verrà a cena il camerlengo del barone, perciò abbiate un po' di pazienza, Costanza, e lasciate che Konrad ammiri in pace il suo dono ».

Il ragazzo svolse febbrilmente la stoffa e scoprì un grosso libro rilegato. « *La vita delle piante* di Alberto Magno! » esclamò felice. « Come avrà fatto mio padre a sapere che, da quando maestro Giovanni me ne ha parlato, non desideravo altro? »

« Qualcuno lo avrà informato... » rise madonna Yvette. In quel momento arrivò Selima per mostrare alla padrona la piccola Sibilla. Madonna Yvette prese in braccio la figlia minore, la soppesò, ne controllò il colorito, le tolse la cuffietta per esaminare la pelle della testa e vedere che non avesse croste, le liberò per un attimo le manine dalle fasce, poi la rese a Selima. « Sei una brava ragazza » le disse. « Hai fatto il tuo dovere. Spero che anche Nureddin sia in buona salute. Dagli un dolce da parte mia prima di metterlo a letto, stasera. Alienor ti aprirà la credenza ». Selima s'inchinò ringraziando e si ritirò con la bambina.

Melisenda intanto sfogliava il libro di Konrad, che aveva delle figure bellissime.

« State attenta a non strapparlo » la ammonì sua madre, « i libri sono oggetti preziosi. Pensate a quanto ha speso il padre di Konrad per far eseguire questa copia, e alla fatica del copista e alla pazienza del pittore che ha disegnato e colorato ogni pianta in modo che sembri vera... »

Melisenda ritrasse le mani intimorita.

« Trattatelo con la stessa cura con cui Konrad ha trattato le vostre uova » la prese in giro suo padre. « A proposito, maestro Giovanni mi ha detto che una di queste uova è differente dalle altre e che tuttavia l'avete trovata nello stesso nido ».

« È vero » confermò Konrad, riprendendo il libro e avvolgendolo con cura nel panno scarlatto.

« Bisognerà informare l'imperatore » disse messer Rufo.

Melisenda lo guardò sbalordita. L'imperatore poteva procurarsi i migliori falconi della terra e pretendeva anche il suo unico uovo!

« È mio! » protestò. « Sono quasi caduta dall'albero per prenderlo! »

Suo padre rise e la rassicurò che l'interesse di re Federico era solo scientifico. La primavera precedente anche lui aveva notato qualcosa di strano in un nido di lucherini. Fra i pulcini appena nati ce n'era uno diverso dagli altri. Aveva fatto allevare l'intera nidiata e l'uccellino deforme, crescendo, si era rivelato un cuculo, mentre i fratelli di nido erano tutti lucherini.

Il fatto lo aveva incuriosito. Era stato un caso, o davvero i cuculi, di cui nessuno ha mai scoperto il nido, depongono le uova nei nidi degli altri uccelli?

Così aveva fatto spargere la voce in tutto il regno perché gli fosse segnalato ogni caso simile.

« E così probabilmente è un uovo di cuculo! » esclamò Melisenda, guardando disgustata il tesoro del suo fragile bottino. « Niente falco neanche stavolta! E tanta fatica per niente! »

6

Dove Alienor riceve una notizia sconvolgente e Costanza affronta con sua madre un argomento proibito.

Costanza fremeva d'impazienza, ma, prima che si cominciasse a parlare di crociate, doveva passare ancora un bel po' di tempo. Quando arrivarono gli ospiti e tutti si misero a tavola, per prima cosa madonna Yvette dovette raccontare dei funerali. La regina Costanza era morta a Catania, ma l'avevano seppellita nella cattedrale di Palermo, accanto ai genitori di re Federico: re Enrico di Hohenstaufen e Costanza di Altavilla.

« Era vestita di broccato rosso, con un abito ricamato d'oro e incrostato di perle... » diceva ammirata madonna Yvette, « ma l'abito quasi scompariva sotto i gioielli, e a fianco, dentro uno scrigno, le hanno posato una cuffia d'oro tempestata di pietre preziose, con due catene pendenti ai lati secondo la moda bizantina... Poi hanno calato la pietra e tutto quello splendore, tutta quell'eleganza è scomparsa. E adesso il re già pensa a riprendere moglie... » concluse tristemente.

« Per forza! » commentò messer Rufo. « Ha solo ventotto anni e un unico erede, il piccolo re Enrico, lassù in Germania. Ha bisogno di assicurare saldamente la discendenza al trono, nel caso che Enrico muoia ».

Un altro argomento che appassionava i commensali erano le notizie portate dai Cavalieri Teutonici sulla sconfitta subita l'anno prima da re Giorgio di Georgia a opera dei mongoli di Gengis Khan.

A causa loro re Giorgio non aveva potuto aiutare i cavalieri cristiani che assediavano Damietta, quegli stessi che non avevano avuto la pazienza di aspettare i rinforzi mandati da re Federico. Così, pian piano, l'argomento crociate si affacciava nei discorsi. Si commentava anche la notizia della strana crociata del re Andrea d'Ungheria che, quattro anni prima, era arrivato fin sotto le mura di Gerusalemme, ma si era ben guardato dal conquistarla. Aveva caricato i muli di sante reliquie e se n'era tornato a casa.

« Fellone. Infame traditore! » esclamavano a turno Costanza e Alienor.

« Perché? » chiedeva ridendo madonna Yvette. « È tornato anche lui con un buon bottino. Pensate: un'anfora delle nozze di Cana, la testa di santo Stefano e quella di santa Margherita, le quattro mani degli apostoli Tommaso e Bartolomeo e, per finire, nientemeno che un pezzo della verga di Aronne! Ce n'è per rinforzare la fede degli ungheresi per i prossimi mille anni... » Finalmente si arrivò al punto per cui Costanza si era sforzata di rimanere sveglia. Dopo aver rimandato la partenza per Outremer con mille scuse, nell'aprile precedente re Federico aveva incontrato il Papa a Veroli, vicino a Frosinone, e aveva promesso d'iniziare l'impresa appena i saraceni ribelli di Sicilia fossero stati sconfitti.

« Questo si sapeva già » commentò tranquillo Giovanni da Bologna.

« Sì, ma non sapete ancora che quel tempo è arrivato. Tre giorni prima della nostra partenza, la roccaforte dei ribelli, Giato, è caduta in mano all'imperatore. La rivolta è finita, le operazioni sono concluse! Non ci sono più scuse per non partire... »

« Secondo me salterà fuori ancora qualcosa... Non so, i capi dei ribelli non potrebbero organizzare una riscossa? »

« Eh, no, caro maestro! Non ci sono più capi! L'imperatore li ha fatti impiccare subito tutti e tre: l'emiro Ibn' Abs e i due pirati cristiani: quei mascalzoni di Guglielmo Porco e Ugo da Fer... Così puoi stare tranquilla, Alienor, non correrai più il rischio d'incontrare i tuoi persecutori... »

Ma alla notizia della morte dei due pirati, Alienor levò un alto grido. « Non li incontrerò mai più! E così non potrò mai sapere dov'è finito mio fratello! Perduto per sempre, mio Honfroi, perduto per sempre! » E cadde svenuta fra le braccia di Costanza.

Stavolta non si riprese tanto facilmente quanto qualche sera prima. Fu messa a letto e, nonostante il caldo, era scossa dai brividi di una febbre fortissima. Smaniava, sembrava non riconoscere nessuno, nemmeno Costanza. La padrona si scusò con gli ospiti e abbandonò la mensa per sedersi al capezzale della serva. Folchetto era stato mandato al castello per chiedere se non ci fosse per caso un cerusico o un medico da consultare.

Tutta la casa era di nuovo in subbuglio a causa di Alienor, e ognuno si chiedeva quale mistero ci fosse dietro quegli svenimenti e quei deliri e cosa mai potesse legare la bambinaia francese ai due pirati fatti impiccare dal re.

Costanza restò con sua madre a vegliare Alienor per tutta la notte. A poco a poco gli ospiti andarono via, i rumori della casa cessarono... Anche la malata si era assopita. Madre e figlia erano le sole persone sveglie nel grande silenzio. E così Costanza osò finalmente fare la domanda che le bruciava sulle labbra da quando aveva l'età della ragione. « Ditemi la verità, signora madre, ma voi in realtà siete un'eretica? Potete fidarvi a rispondere: non lo dirò a nessuno ».

« Non so più cosa significhi questa parola » rispose

madonna Yvette scuotendo il capo. « Quand'ero ragazza a Beziers... no, non lo ero, né lo era la mia famiglia. Ma gli uomini del Papa erano crudeli, e i càtari, che noi chiamavamo la 'brava gente' predicavano con tanta sincerità e vivevano con coerenza la loro fede... Anche il conte di Tolosa era dalla loro parte e questo suscitò le ire di Papa Innocenzo, che ci scatenò contro l'abate di Citeaux, Arnaldo, coi suoi soldati. Ci chiesero di consegnare la 'brava gente' che era dentro le mura e noi rifiutammo, credendo che non avrebbero osato attaccare dei fratelli cristiani come loro. Ma Arnaldo guidò i suoi nella nostra città con questo grido: 'Ammazzateli tutti quanti, ché Dio riconoscerà i suoi!' Spero che li abbia riconosciuti: morirono più di ventimila persone! » E madonna Yvette si coprì il volto con le mani, sopraffatta dall'orrore del ricordo. Poi rialzò il capo e proseguì fieramente: « Io non ho paura di presentarmi davanti al Signore, Costanza. Sono certa che mi riconoscerà ».

« Lo so. Ve l'ho già sentito dire, l'anno scorso, quando venne a trovarci quel frate e avevo paura per voi... che vi tradiste. Non avete pensato che potesse denunciarvi? »

« Chi? Frate Francesco? Ma se in fondo è un càtaro anche lui! Non ricordate i suoi discorsi? Non ricordate come elogiava la povertà e l'umiltà? Vi è parso della razza dei preti che vogliono conquistare le ricchezze d'Oriente col pretesto del Santo Sepolcro? »

« Però è andato anche lui alle crociate, dicono... »

« Non alle crociate. È andato in Outremer come pellegrino senz'armi, difeso solo dall'usbergo della sua fede. Si racconta che i soldati saraceni lo presero e lo portarono alla presenza del sultano Al Kamil. E quando il sultano lo vide, fu mosso a mitezza... »

« Dicono, di questo frate, che abbia ammansito addirittura un lupo, fra le colline di Gubbio... »

« Ha un potere straordinario nello sguardo e nella voce... Lo avete visto anche voi, quando parlava ai falconi di vostro padre... Neppure Michele Scoto, il mago inglese, riesce a tanto. Dunque il sultano lo trattò con mitezza e ascoltò per vari giorni con attenzione le prediche su Cristo che frate Francesco tenne a lui e ai suoi. E dopo lo rimandò con tutti gli onori al campo cristiano dicendo: 'Prega per me, affinché Iddio mi conceda di offrirgli la legge e la fede che più gli aggradano'. Riflettete su questo episodio, figlia mia, e pensate che forse gli infedeli non sono le belve selvagge che la Chiesa di Roma vuol farci credere! »

« Continuate a mettere in dubbio l'insegnamento del Papa, signora madre. Volete insegnare anche a me a diventare eretica, così che venga processata e bruciata sul rogo? »

« Il Signore ce ne scampi, figlia mia! Inchinatevi davanti al volere della Chiesa! In fondo anche frate Francesco ha chiesto l'approvazione di Papa Innocenzo per la regola del suo Ordine! Quanto a me, lasciatemi seguire i miei pensieri, che sono puri, e il Signore saprà riconoscermi anche tra le fiamme di un rogo ».

Costanza si mise a piangere silenziosamente, ma sua madre non fece niente per consolarla.

Alienor ogni tanto si agitava e gemeva nel sonno. La sua fronte scottava, nonostante le compresse di acqua fredda che madonna Yvette le cambiava continuamente. A metà notte arrivò Folchetto, a riferire che al castello non c'era medico né cerusico.

Verso l'alba anche Costanza fu vinta dalla stanchezza e nascose il viso fra le pieghe della veste di madonna Yvette. Quando si risvegliò, la malata era seduta sul letto e guardava con occhi pazzi il muro della stanza davanti a sé...

« Il Signore ci guida, perché il nostro cuore è innocente » diceva con una voce che Costanza non le conosceva. « Solo i puri di cuore sono in grado di conquistare il Santo Sepolcro! Il Signore è con noi e il mare si aprirà sotto i nostri piccoli piedi! Ah, ma la nave è troppo piena e il puzzo nella stiva è intollerabile! Perché ci frustate? Non sapete che siamo i crociati di Cristo? Stefano, Stefano, cosa ti dicono le tue visioni? Honfroi, prendimi la mano, non mi lasciare! Honfroi! Dove sei Honfroi? »

« Sta' buona, Alienor, calmati, sta' tranquilla. Non è successo niente. Sei qui con noi, nessuno ti frusta, nessuno ti minaccia » le diceva dolcemente la padrona carezzandole la fronte, ma la ragazza cercava di strapparsi le vesti di dosso e sembrava non udire le parole che le venivano rivolte.

« La febbre è passata » disse madonna Yvette, « ma la poverina ha smarrito la ragione. Che Nostro Signore la protegga! »

7

Dove messer Rufo rivela alla famiglia riunita il segreto di Alienor.

Due giorni dopo, messer Rufo radunò la sua famiglia nella stanza più grande della casa e tenne loro questo discorso:

« La nostra serva Alienor, come sapete, ha smarrito la ragione. Poiché da quando è entrata al nostro servizio è stata una serva buona e fedele, e poiché il Signore, nella sua imperscrutabile misericordia, ha avuto la bontà di segnarla, da questo momento noi tutti dobbiamo considerare sacra la sua vita. Alienor continuerà a vivere con noi, sarà nutrita e vestita, e chiunque oserà farle del male verrà punito e cacciato fuori della casa. Chiunque le rivolgerà parole malvagie o approfitterà della sua incoscienza verrà frustato, e chi invece sarà cortese con lei godrà della benevolenza mia e della mia dama. Siete avvertiti, e raccontatelo in giro per il paese: Alienor da questo momento è posta sotto la mia speciale protezione... »

« Scusate, messere » chiese timidamente Folchetto, approfittando della pausa, « non si può dare il caso che rinsavisca? »

« Questo è nelle mani del Signore » rispose messer Rufo. « Il medico che l'ha visitata dice che forse una emozione altrettanto violenta di quella che l'ha fatta uscire di senno potrebbe guarirla... Ma chi è in grado di procurarle una tale emozione? »

« Forse, messere, se voleste spiegarci il motivo per cui Alienor si è ammalata, potremmo comprendere meglio e, nel caso, aiutarla o per lo meno non farla più soffrire... »

« Questo è giusto, Folchetto. Sei un giovane intelligente. Col consenso della mia dama vi racconterò dunque la storia che Alienor ci aveva tanto pregato di tenere segreta. Ma ormai non ce n'è più il motivo, povera ragazza...

« Dunque, probabilmente saprete tutti che da più di trent'anni il Saladino ha ripreso Gerusalemme ai principi cristiani d'Outremer e che nessuna nuova crociata è riuscita a riconquistare la città santa. Vent'anni fa inoltre i cavalieri cristiani, invece di dirigersi verso il Santo Sepolcro, istigati dal perfido doge di Venezia che prestava le navi e il denaro per le spese della spedizione, si coprirono di vergogna saccheggiando la cristiana Bisanzio e versando il sangue dei fratelli d'Oriente.

« Per lavare l'infamia dalla Croce, sorsero in Europa molti profeti, e uno di questi fu un fanciullo francese, un pastorello di nome Stefano. Aveva dodici anni, e raccontava di aver avuto una visione. Nostro Signore gli aveva rivelato che solo i poveri innocenti come lui potevano far riguadagnare ai fedeli il Sepolcro di Cristo. Così Stefano cominciò a predicare e riunì attorno a sé nella città di Vendôme migliaia di fanciulli. Fra questi c'era Alienor, col suo fratello gemello che lei amava teneramente. Altri bambini si misero in cammino dalla città tedesca di Colonia, e non valsero le proteste dei genitori né dei preti a farli desistere dall'impresa che si presentava impossibile. Pensate a quanto è lungo il viaggio fino a Outremer, a quanti pericoli ci sono lungo il cammino, alle spese che bisogna affrontare... I bambini non avevano armi, né denaro, né esperienza del mondo. Ma Stefano diceva che il Signore aveva promesso che il mare si sarebbe ritirato sotto i loro piedi, come fece davanti agli ebrei inseguiti dal faraone al passaggio del Mar Rosso. Così i fanciulli si diressero verso la costa. I più grandi avevano undici, dodici anni; erano migliaia e migliaia e c'erano pochissimi adulti con loro: preti, ma anche ladri e avventurieri. Molti bambini si smarrirono, altri, stanchi, tornarono a casa. Molti morirono di fame e di freddo sul ciglio della strada. Ma un gruppo arrivò al porto di Marsiglia e corse alla spiaggia aspettando di vedere le onde del mare ritirarsi. Fra questi bambini c'erano Alienor e suo fratello, sopravvissuti ai terribili disagi del viaggio.

« Dopo qualche giorno, poiché il mare non si spalancava, accettarono la proposta di due capitani, che avevano offerto di trasportarli gratis con le loro navi in Terrasanta, per amore del sangue di Cristo.

« Questi capitani erano il marsigliese Ugo da Fer e il genovese Guglielmo Porco.

« I bambini salirono a bordo fiduciosi e le navi salparono.

« In quei giorni noi ci trovavamo a Genova, ospiti di messer Doria, e madonna Yvette aspettava di giorno in giorno la nascita di Costanza. Ci serviva una ragazza per accudire al neonato e incaricammo il maggiordomo di messer Doria di procurarcene una. Costui andò al porto e tornò con Alienor, che era sconvolta, gridava, piangeva e cercava di fuggire.

« Non ci preoccupammo, perché tutte le giovani schiave fanno così, quando cambiano padrone, ma presto venimmo a sapere che la ragazza proveniva dalla nave di messer Guglielmo Porco, che l'aveva fatta sbarcare mentre dormiva, quando aveva saputo che al porto di Genova si acquistavano schiave.

« Alienor riuscì a fuggire dalla nostra casa e tornò al

porto, ma le navi ormai erano lontane. Da allora non ha più rivisto suo fratello e nessuno ha più avuto alcuna notizia dei bambini crociati. Ha aspettato tanti e tanti anni che lui tornasse da Outremer, ma come avrebbe fatto a ritrovarla? Desiderava partire lei, per cercarlo in tutto l'Oriente, e perciò aspettava con tanta ansia la prossima crociata, ma re Federico non si decideva mai... E poi come rintracciare un contadino senza nome, un ragazzo senza fama né gloria, nel vasto mondo? La sua unica speranza era quella di rintracciare Ugo da Fer e Guglielmo Porco per farsi dire dove avevano sbarcato i crociati fanciulli. Ma ormai i due pirati sono morti e non potranno più rivelarle niente... È questo che le ha fatto perdere la ragione».

«Perché non l'avete riportata a casa sua, allora?» chiese Costanza. «Forse suo fratello è tornato a cercarla lassù in Francia...»

«E dove avremmo dovuto riportarla? Alienor non era una bambina istruita. Era una contadinella, e non conosceva il nome del suo paese e neppure quello della sua famiglia... I bambini erano accorsi a Marsiglia da tutta la Francia, dalla Bretagna, dalla Germania... E poi l'avevamo pagata cara e ci serviva una bambinaia per voi, e re Federico aveva fretta di passare le Alpi prima che arrivasse l'inverno...»

«Povera Alienor!» sospirò madonna Yvette. «È sempre stata una ragazza così obbediente e gentile!»

Alienor era presente a questa riunione, seduta su uno sgabello a fianco dei padroni, ma pareva non sentire il racconto della sua storia. Nei suoi occhi non passò traccia di memoria o di emozione. Una donna le aveva dato una conocchia e un fuso e lei filava con gesti monotoni, lo sguardo perso nel vuoto davanti a sé.

PARTE TERZA

1225 - Il falcone di Melisenda

1

Dove fa un freddo eccezionale e Costanza fa progetti di pellegrinaggio in Terrasanta.

L'inverno del 1225 fu il più freddo che Costanza ricordasse, perlomeno da quando la famiglia di messer Rufo era tornata in Italia.

Madonna Yvette aveva dovuto tirar fuori i mantelli foderati di pelo di scoiattolo che, fin dai tempi della Germania, non erano più usciti dai forzieri.

Le donne ebbero un bel daffare nelle stanze del guardaroba per adattare i vecchi mantelli alle bambine più piccole, mentre Konrad e Costanza furono giudicati abbastanza alti da riceverne in prestito due appartenuti a messer Rinaldo e a sua moglie.

L'ultima nata, la piccola Alice, non ne aveva bisogno perché era ancora avvolta nelle fasce e non fu portata fuori di casa per tutta la durata dell'inverno. Anche Alice era stata affidata a Selima, e anche lei veniva cullata al canto di 'Rericcardo', mentre Sibilla e Nureddin scorrazzavano inseparabili per tutta la casa, infagottati da strati e strati di panni di lana.

Sui pavimenti delle stanze al pianterreno erano sparsi fasci di paglia asciutta che veniva cambiata molto spesso. Nei caminetti ardevano grandi fuochi e – grazie alla previdenza di messer Rufo – cantine e granai erano pieni di provviste.

Si era dovuto macellare quasi tutto il bestiame per mancanza di foraggio, e le donne avevano passato giorni e giorni a salare la carne sotto la direzione di madonna Yvette.

Molti animali selvatici e molti contadini e pastori quell'inverno erano morti per il freddo o per la mancanza di nutrimento, e il barone, secondo le leggi di re Federico, aveva dovuto organizzare distribuzioni di grano e legumi secchi fra la popolazione della campagna e della città.

Costanza coltivava sempre più saldamente nell'animo il proposito di andare in Outremer, non solo per liberare il Sepolcro di Cristo, ma anche per ritrovare quell'Honfroi che sentiva nominare continuamente e riportarlo ad Alienor. Compensando Giovanni da Bologna con un prosciutto rubato nella dispensa, si era procurata un libretto di istruzioni per i pellegrini, scritto da un viaggiatore inglese recatosi in Outremer molti e molti anni prima.

Il libro consigliava i vari itinerari da seguire per arrivare in Palestina. Il viaggio per terra, secondo l'autore del libro, era il più economico e anche il meno pericoloso, tanto più che i re di Ungheria si erano convertiti al cristianesimo da circa duecento anni e tutto il percorso avveniva quindi attraverso regni cristiani. Però il cammino era lunghissimo.

Il viaggio per mare aveva il vantaggio della velocità, ma era molto costoso e, inoltre, c'era sempre il rischio d'incappare in una tempesta, in un naufragio, o di finire nelle mani dei pirati saraceni. Il libretto metteva ripetutamente in guardia contro i capitani imbroglioni, specialmente contro i veneziani, e consigliava di firmare l'accordo davanti a uno o più magistrati e di far versare a costoro dal capitano cento ducati come garanzia che ne avrebbe rispettato tutte le clausole.

Fra queste, erano importantissime quelle che prevedevano di fermarsi in certi porti lungo la rotta per fare provvista di acqua fresca, pane e carne. Il vitto fornito dalla nave doveva comprendere due pasti al giorno, con buon vino, acqua fresca e gallette. Appena a bordo, bisognava correre ad accaparrarsi un buon posto sul ponte superiore della galea, perché su quello inferiore il caldo e la puzza erano insopportabili. Non solo, ma, prima di salire a bordo, il pellegrino doveva comprare – da certi mercanti che avevano i magazzini sul porto – un letto, un materasso, due cuscini, due paia di lenzuola e una coperta. Il mercante s'impegnava a ricomprarli a metà prezzo al ritorno del viaggiatore, anche se li avesse riconsegnati in pessime condizioni.

Era inoltre molto, ma molto opportuno portarsi dietro una gabbia con cinque o sei galline vive e quindici chili di mangime per sfamarle durante il viaggio, in modo da avere sempre uova fresche ed evitare malattie.

Costanza, che fino ad allora aveva sempre sognato una partenza romantica e già si vedeva in sella a un cavallo bianco, vestita di un'armatura lucente ricoperta da una veste di lino azzurro e giallo, agile e veloce, con i capelli al vento e le mani libere per le briglie, per la spada e per gli eroici saluti, era rimasta molto delusa, nel leggere quei saggi consigli.

Konrad e Melisenda ridevano. « Sembrerete un giullare vagabondo, altro che l'eroina di una canzone! »

Ne passavano spesso, per la strada che da Bari portava a Brindisi, di questi poveri guitti straccioni, montati su un mulo vecchio e rognoso, con le padelle appese sul petto assieme al liuto o alla viola, le bisacce gonfie di avanzi di pane secco mendicati di casa in casa, le zucche piene d'acqua o di vino inacidito, i bicchieri di legno o di stagno ammaccati, che non rischiavano di rompersi nel viaggio... Mancava loro soltanto la gabbia con le galline, perché le uova le rubavano di notte nei pollai dei contadini e, se scoperti, venivano buttati giù dal mulo con tutto il loro misero e rumoroso bagaglio e prendevano tante e tante di quelle bastonate da pagarci non solo le uova, ma un cappone intero, che forse non avevano mai assaggiato in vita loro.

Costanza si stizziva quando la sorellina e l'amico la deridevano... « Questi sono consigli per i pellegrini in tempo di pace » diceva offesa, « ma io partirò per una crociata, sulla nave del nostro re e imperatore Federico, che si è impegnato a mantenere tutti i cavalieri a sue spese e a provvedere a tutte le necessità del viaggio... Perciò alle padelle e alle galline ci penseranno i suoi capitani... »

Su questo, Konrad e Melisenda non riuscivano a trovare niente da obiettare.

Infatti, quando ormai Costanza aveva perso ogni speranza che re Federico si decidesse a mantenere la promessa fatta dieci anni prima (e si era quindi rassegnata a progettare un viaggio in Outremer come semplice pellegrina), ecco che il Grande Maestro dei Cavalieri Teutonici, Ermanno Di Salza, aveva indetto un incontro fra l'imperatore e Papa Onorio a Ferentino.

A questa riunione, oltre al Papa, al re e allo stesso Di Salza, avevano partecipato il patriarca di Gerusalemme, i Gran Maestri degli Ordini dei Templari e degli Ospedalieri e Giovanni di Brienne, re di Gerusalemme.

Il patriarca e il re di Gerusalemme, naturalmente, erano tali soltanto di nome, perché nella città santa non avevano mai messo piede, essendo questa in mano ai saraceni.

Erano stati invitati anche tutti i principi tedeschi che

avrebbero dovuto formare l'esercito di re Federico, ma non ne era venuto nemmeno uno.

Comunque, in quella riunione re Federico aveva accettato di fidanzarsi con Jolanda di Brienne, che aveva solo dodici anni e non portava in dote nemmeno un tarì, ma era erede, almeno di nome, del trono di Gerusalemme. Non solo. Il re aveva giurato sul suo onore di partire a conquistare il regno della fidanzata entro e non oltre il giorno di San Giovanni del 1225.

Di Salza era partito per la Germania a fare propaganda e a reclutare cavalieri crociati, e il re aveva cominciato a far costruire le navi necessarie per il viaggio verso Outremer.

La flotta, una volta ultimata, avrebbe compreso cinquanta navi mercantili e cento galee, attrezzate in modo che i cavalieri potessero sbarcare già in assetto di combattimento, a cavallo e armati di tutto punto.

Questa sì, era un'immagine che piaceva alla fantasia di Costanza!

« Ma voi non siete un cavaliere » obiettava Konrad, « e poi siete una donna, e le donne possono partecipare a un pellegrinaggio, ma non a una spedizione militare qual è una crociata... »

« Si vede che non siete informato » lo rimbeccava Costanza. « Cosa ci state a fare, tutto il tempo col naso sui libri? Dovreste sapere che molte donne sono state alle crociate. Pensate soltanto ad Alienor, contessa d'Aquitania e del Poitou, moglie di Luigi VII di Francia, che andò con le sue dame e i trovatori alla seconda crociata, un'ottantina d'anni fa ».

« E infatti quella crociata fu un bel fallimento. I cavalieri e i principi cominciarono a litigare fra loro e finirono per assediare Damasco, che prima di tutto era una città amica e poi non si lasciò conquistare, e così se ne tornarono a casa con le pive nel sacco, senza aver visto neppure da lontano le mura di Gerusalemme » rispondeva maligno Konrad, che questi fatti li aveva letti sulle antiche cronache.

« Comunque » insisteva Costanza, « molte altre donne hanno partecipato alle crociate ».

« Oh, certo! Sappiamo che dai regni cristiani d'occidente venivano mandati regolarmente in Outremer gruppi di vecchie donne abilissime nell'acchiappare e uccidere cimici e pidocchi! »

A quel punto a Costanza veniva da piangere per la stizza e Melisenda interveniva a mettere pace. « Non esagerate, Konrad... Abbiamo letto nelle cronache, e anche Selima ce lo ha raccontato, che molti valorosi guerrieri cristiani, una volta uccisi e spogliati delle armi, con grande meraviglia dei saraceni risultarono essere donne ».

Ma Konrad non rinunciava all'ultima frecciata: « E così voi vorreste andare a farvi ammazzare lontano da casa solo per togliervi la soddisfazione di far restare a bocca aperta i cani infedeli quando spoglieranno il vostro cadavere? »

« Io non mi farò ammazzare! Io tornerò! » gridava Costanza esasperata. « E non solo tornerò sana e salva, ma avrò anche collaborato a liberare il Santo Sepolcro e riporterò indietro Honfroi, per restituire ad Alienor il senno che ha perduto ».

Konrad rideva e continuava a stuzzicarla e, nella stanza riscaldata dal grande caminetto, i battibecchi dei ragazzi durarono per tutto l'inverno.

Chi invece cominciava a essere seriamente preoccupata era madonna Yvette. Fino ad allora era stata sempre convinta che re Federico avesse così poca voglia di partire crociato che avrebbe continuato all'infinito a trovare scuse per non andare in Outremer. Ma, dopo il giuramento di Ferentino, la partenza del Gran Maestro dei Cavalieri Teutonici e la costruzione della flotta, pareva evidente che il re non avrebbe più potuto tirarsi indietro ed evitare la partenza.

Costanza poteva essere trattenuta: la si poteva ammonire, frustare, alla peggio rinchiudere per qualche tempo in convento. Non era questo che preoccupava la signora.

Ma messer Rinaldo? Come falconiere reale, non avrebbe dovuto accompagnare in guerra l'imperatore?

A questo madonna Yvette non si poteva opporre, e aspettava il 24 giugno con enorme trepidazione. La bella festa di San Giovanni – coi fuochi sui monti, i falò e le danze sulle aie, i campi di grano pronti per la falce e le ragazze inghirlandate di papaveri e fiordalisi – appariva spesso nei suoi sogni come una danza macabra, un nero abisso che inghiottiva, un'altra volta ancora, tanta gioventù cristiana e saracena, insanguinando le terre d'Outremer e strappando alle famiglie d'Occidente gli affetti più cari.

Costanza invece contava con impazienza ogni giorno che la separava da San Giovanni e lustrava di nascosto una vecchia armatura di suo nonno, trovata in solaio.

Mancava poco, ormai, alla data della partenza. Si era già ai primi di marzo.

2

Dove facciamo la conoscenza di una colombella bionda.

Lentamente l'inverno si allontanava. Quel giorno Konrad e Melisenda erano usciti prestissimo, quando ancora la casa era buia e tutti dormivano sepolti sotto coltri e piumini. Ma i due ragazzi avevano fiutato il sole nell'aria prima dell'alba e avevano deciso di andare sulle colline in cerca di piante e di animali nuovi per le loro collezioni. Poi, una volta in campagna, a giorno fatto, si erano dimenticati delle loro ricerche e ora correvano nel vento, ubriachi d'aria e di sole, come scrollandosi di dosso il freddo e il chiuso dell'inverno.

D'un tratto, alla curva dietro il ciglio della collina, videro apparire sulla strada un cavaliere sconosciuto, con un elmo brunito e un bianco mantello svolazzante. E subito dietro al cavaliere dal bianco mantello ne spuntò un altro e poi un altro ancora, finché fu evidente che si trattava di una comitiva di viaggiatori diretti al castello del barone.

Ai due ragazzi bastò un'occhiata per intendersi: in un baleno corsero verso una curva ai piedi del colle, da dove, nascondendosi dietro un cespuglio di corbezzolo, si poteva osservare da vicino la strada senza essere visti.

Videro così sfilare a poca distanza tutta la comitiva: aprivano il corteo i tre cavalieri dai bianchi mantelli. Erano uomini di mezza età, biondi e robusti, col viso impassibile che sembrava scolpito nel legno e una croce nera sul pettorale della veste.

« Cavalieri Teutonici! » sussurrò Konrad. « Cosa andranno a fare al castello? »

Seguivano alcuni scudieri, che portavano per la cavezza dei muli carichi di casse e bisacce rigonfie. Poi veniva un gruppo di donne elegantemente vestite, scortate da un giovane signore avvolto in un mantello foderato di pelo di lupo.

Al centro del gruppo cavalcava una bambina, più o meno della stessa età di Melisenda, ma i due ragazzi non riuscivano a vederne il volto perché portava il cappuccio calato basso sulla fronte per difendere il viso dal vento. E dietro la bambina – meraviglia delle meraviglie – cavalcava un paggio moro col guanto infiocchettato dei falconieri e sul guanto stava appollaiato un falco grigio, con la testa coperta dal cappuccio. Seguiva una dozzina di muli carichi di bagagli e altrettanti soldati armati fino ai denti chiudevano il corteo.

I mantelli dei viaggiatori, gonfi di vento, frustavano l'aria schioccando come vele di una nave, mentre gli uomini avanzavano con sforzo, a testa china, per la strada in salita.

Alla vista del falcone a Melisenda quasi schizzavano gli occhi dalle orbite. Era chiaro che l'uccello apparteneva a quella fortunata bambina, e lei, divisa fra l'invidia e l'ammirazione, avrebbe voluto saperne qualcosa di più.

Appena tutti i viaggiatori furono passati, i due ragazzi si precipitarono a rompicollo su e giù per le scorciatoie in modo da raggiungere il paese prima della comitiva.

Una volta arrivati, si precipitarono dentro l'osteria, che a metà mattina era deserta. C'era soltanto – seduto a un tavolo in fondo – Giovanni da Bologna che conversava con uno sconosciuto male in arnese.

« Come mai, maestro, non siete a casa a fare le vostre lezioni? » chiese Konrad appena lo vide.

« E come mai, messere, voi e la vostra degna compagna, non siete a casa a ricevere le vostre lezioni? » chiese il maestro con aria di complicità.

« C'era il sole. Il primo sole dell'anno » spiegò semplicemente Melisenda, e poi cominciò a raccontare tutta eccitata dell'incontro fatto sulle colline.

« So di chi si tratta » disse il compagno di tavola del maestro. « Ho fatto un pezzo di strada insieme a loro qualche giorno fa, poi li ho lasciati perché procedevano troppo lentamente a causa delle dame e della bambina ».

« Chi sono, dunque? » chiese Konrad impaziente. « E cosa fanno da queste parti? »

« I tedeschi, lo avrete capito dall'abito, sono tre Cavalieri Teutonici coi loro scudieri. Vengono a cercare un ragazzo della loro terra che abita da queste parti... »

Konrad impallidì, ma non chiese altre spiegazioni.

« Gli altri sono la famiglia di messer Manfredi Lancia di Vercelli, che va a raggiungere l'imperatore a Brindisi per assistere alle sue nozze con la piccola regina di Gerusalemme. Messer Manfredi è il più grande amico di re Federico e gli porta sua sorella Bianca come dama di corte per la nuova regina. La bambina è figlia di madonna Bianca e si chiama Bianca come la madre. Dicono che sia la più bella e gentile creatura dei regni cristiani e tutta la famiglia stravede per lei. Anche l'imperatore Federico l'ha molto cara, ed è lui che le ha regalato il falcone e il paggio moro che l'accompagnano sempre... »

Fu interrotto da uno scalpitio di cavalli sull'acciottolato della strada.

« Sono loro! » strillò Melisenda, precipitandosi alla

finestrella per vedere ancora una volta il falcone. In quella, un soldato spalancò la porta dell'osteria lasciando entrare una folata di vento che fece ondeggiare e crepitare le fiamme del caminetto. « È questa la strada per il castello del barone di Minervino? » chiese con la strana parlata cantilenante del Piemonte.

Al cenno di assenso dell'oste, domandò ancora se poteva condurre dentro due dame che desideravano cambiarsi d'abito prima di arrivare al castello.

Così Melisenda poté togliersi la curiosità di vedere da vicino la fortunata proprietaria del falcone e sua madre.

La dama si tolse il mantello da viaggio e la sopravveste di lana e ne indossò degli altri, di seta imbottita e damasco di Fiandra trapunto di pietre preziose. Poi condusse la bambina accanto al fuoco, le tolse il mantello e le sciolse i capelli sulle spalle per acconciarglieli di nuovo.

Questa Bianca Lancia non era poi un granché, pensò Melisenda osservandola con curiosità, senza timore di sembrare sfacciata. Una ragazzina sui dieci anni simile a tante altre, nonostante portasse il capo orgogliosamente dritto sul collo sottile. I capelli, però, erano davvero straordinari, di un biondo chiarissimo, quasi color lino, ma non slavati come quelli di Costanza. Questi avevano come un fuoco dentro, delle fiammelle che guizzavano di qua e di là, accendendo ora una treccia, ora una ciocca, ora un ricciolo della complicata acconciatura, così che parevano di un materiale prezioso – oro e miele – che viveva per conto proprio.

Anche Konrad era biondo, ma al confronto la sua zazzera tagliata dritta sembrava una ciotola di polenta, e, quanto a Melisenda, i suoi capelli tiravano decisamente al rosso, cosa che la esponeva a beffe e derisioni d'ogni tipo, anche se lei si consolava pensando che anche re Federico e pure suo nonno, il famoso Barbarossa, avevano i capelli color carota.

Quando le due donne ebbero terminato la loro toeletta e furono uscite, i due ragazzi restarono ancora un po' a chiacchierare col compagno di tavola di maestro Giovanni. Era un goliardo, un antico collega del maestro, appartenente anche lui all'*ordo vagorum,* la compagnia degli studenti vagabondi. Veniva da Padova e portava una nuova canzone in latino, che lodava le delizie dell'osteria.

Bibit soror, bibit frater,
bibit anus, bibit mater,
bibit ista, bibit ille,
bibunt centum, bibunt mille.

« Affé mia, il vostro latino somiglia davvero al volgare! » commentava divertito l'oste, affettando il pane per il mezzogiorno.

Vedendo l'oste apparecchiare la tavola, maestro Giovanni si alzò di scatto. « Il mio stomaco dice che è ora di pranzo, giovani signori! Torniamo a casa! Fortuna che vi ho trovati. Ero giusto uscito per cercarvi, stamattina, quando ho incontrato questo mio amico e mi è passato il tempo senza che me ne accorgessi. Se vostra madre vi domandasse qualcosa, eravamo in campagna a fare lezione di scienze naturali dal vero, intesi? In fondo, non è poi una bugia: avete ben visto una colombella bionda e un falcone, stamattina! »

Melisenda, quella colombella e quel falcone non riusciva a toglierseli dalla testa. E, appena a casa, corse nella voliera dove suo padre era intento a parlare dolcemente agli uccelli incappucciati accarezzandoli, per abituarli alla presenza dell'uomo. Melisenda si appoggiò ansante alla porta, tirò il fiato e disse: « Sono stanca di aspettare. Voglio un falcone tutto per me. Sono abbastanza grande, adesso. Madonna Bianca Lancia ha la mia età e l'imperatore gliel'ha regalato. Signor padre, farò tutto quello che vorrete, ma procuratemi un falcone. Subito! »

E – quel giorno era decisamente un giorno di sorprese – messer Rinaldo si portò un dito alle labbra per invitarla a parlare a voce più bassa e poi, indicando un trespolo in fondo alla voliera, disse: « Sì, cara figlia. Il momento è arrivato. Ho qui un nuovo falcone tutto per voi ».

3

Dove Melisenda incontra per la prima volta l'oggetto dei suoi sogni.

In realtà era solo un falchetto molto giovane, quasi un nidiaceo. « Sarebbe dovuto restare ancora almeno un mese nel nido » commentò messer Rinaldo, « ma il vento stanotte ha abbattuto l'albero e i genitori sono fuggiti. Così un bracconiere l'ha trovato, lo ha messo in un cestino e me l'ha portato, sperando di ricavarne abbastanza denaro da poter pagare un'ammenda ed evitare la servitù ».

« E l'avete pagato, messer padre? Lo avete aiutato a restare libero? » volle sapere Melisenda.

« Eh, sì! L'ho pagato caro. L'uccello è uno sparviero, fra i predatori più nobili e preziosi, e per giunta è una femmina. È vero che è giovane e non addestrato, ma se l'avesse portato al castello, il barone sarebbe stato ben felice di averlo per sé... »

Melisenda guardava intimidita il suo sparviero senza osare avvicinarsi, turbata per il fatto che suo padre aveva speso tanto denaro per lei e che quel gomitolo arruffato di piume valesse la libertà di un uomo.

« Non crediate, cara figlia, di aver acquistato un nuovo giocattolo » la ammonì gravemente suo padre. « Io ho avuto fiducia in voi, e voi adesso dovete mostrarvene degna. Non è affare da poco diventare un buon falconiere. Da questo momento comincia il vostro apprendistato; e sarà duro, credetemi ».

Le difficoltà cominciarono immediatamente.

Infatti, appena Melisenda fece qualche passo verso

il trespolo su cui stava appollaiato lo sparviero, questo arruffò le penne, cominciò a sbattere le ali minacciandola col becco ricurvo e con gli artigli e infine cadde malamente dalla pertica, aggrovigliando i nastri di cuoio che lo tenevano legato e dibattendosi furibondo.

« Ahi! È grinioso, come temevo » esclamò messer Rinaldo. « È un termine che usiamo in falconeria per indicare le bestie ribelli » spiegò poi a Melisenda. « Occorrerà mettergli il malleolo e ciliarlo al più presto. Per quanto sia stato catturato di notte e tenuto al silenzio e allo scuro, vedete come la sola nostra presenza lo agita e lo incattivisce? »

Un servo corse a prendere un malleolo – una specie di vestito di tela robusta, con due maniche chiuse in cima – e lo fecero indossare allo sparviero come una camicia di forza, per evitare che, agitandosi troppo, si danneggiasse le piume delle ali.

« Ora, per prima cosa, bisogna cibarlo. Per questa volta lo farò io, perché ci vuole molta abilità, ma voi venitemi vicina: in futuro vi capiterà di dover ripetere quest'operazione ed è bene che impariate ».

« Non potremmo evitarlo, e mettergli soltanto il cappuccio, perché non si spaventi vedendoci? » chiese Melisenda preoccupata, perché non si era mai abituata alla cucitura delle palpebre dei falconi e, ora che lo sparviero era suo, l'operazione le sembrava ancora più impressionante.

« Eh, no! Purtroppo il cappuccio non basta. Tutti i trattati lo dicono, e anche Mohamyn, il falconiere arabo del re. Se si vuole addomesticare bene un falcone, bisogna assolutamente cibarlo. Venite qui e fatevi forza. Siamo solo all'inizio delle vostre fatiche ».

L'operazione era complicata, e Melisenda seguiva

affascinata ogni movimento di suo padre. L'uccello aveva i movimenti già impediti dal malleolo, ma fu chiamato un servo che lo tenesse con due mani, chiudendogli le ali sul dorso. Melisenda dovette aiutare a tenergli ferme le zampe.

« Se fossimo in estate » spiegava suo padre, « e facesse molto caldo, bisognerebbe avvolgersi le mani con un lino pulitissimo e bagnato, ma oggi non è necessario. È indispensabile invece usare un ago rotondo, perché quello a sezione triangolare produce ferite che si strappano facilmente e non si rimarginano. Guardate le mie mani. Non girate la faccia dall'altra parte! La palpebra inferiore va alzata fino a coprire le ciglia di quella superiore. Per questo diciamo 'ciliare'. Ora comincio a cucire, attenta. L'ago deve prendere la palpebra all'interno e uscire verso l'esterno, per evitare di pungere l'occhio dell'animale... Su, guardate, non è poi così terribile. Non esce sangue e il vostro sparviero, dopo, sarà molto più tranquillo... »

Quando suo padre finalmente ebbe terminato, Melisenda era in un bagno di sudore, però non aveva mai smesso di stringere le zampe del falco, nonostante gli artigli la graffiassero in profondità.

« Vi sanguinano le mani » osservò messer Rinaldo. « Questo non deve più accadere. Appena il falco è ciliato, infatti, occorre scorciargli gli artigli con le forbici, così non vi ferirà più le mani, non danneggerà il guanto e, quando uscirà a caccia, non dilanierà la preda ma la riporterà intatta... Ecco, là! Solo una spuntatina. Bisognerà ripeterla ogni tanto, ma starete attenta a non tagliare troppo vicino alla carne, in modo da non fare mai uscire il sangue... »

Poi Melisenda imparò a legare le zampe dello sparviero con i 'getti', due lacci di cuoio morbido tagliati su misura e assicurati a una lunga striscia anch'essa di cuoio, la 'longa', una specie di guinzaglio che serviva sia ad assicurarlo al trespolo quando era in casa, sia a trattenerlo le prime volte che sarebbe uscito o quando si fosse fatto il bagno.

Perché, agitandosi sul trespolo, l'animale non aggrovigliasse i getti, c'era un attrezzo chiamato 'tornetto', formato da due anelli di metallo che giravano attorno a un'asse. I falconi del re li avevano d'argento, ma quelli dello sparviero di Melisenda erano solo di bronzo.

L'uccello adesso stava zitto e fermo sulla pertica, cieco, privo di artigli, con ali strette al corpo del malleolo, le zampe legate...

Melisenda aveva il cuore stretto, e il sudore le si raffreddava addosso in modo sgradevole.

Altra cosa era il vedere un falcone fieramente appollaiato, libero da ogni legame, sul guanto infiocchettato di un cavaliere... Altra cosa vederlo librarsi nell'aria, sempre più in alto, per poi piombare in un baleno sulla preda... Altra cosa vederlo lasciarsi portare dal vento ad ali aperte, nel libero azzurro del cielo!

Era figlia di falconiere e sapeva che i primi passi dell'addestramento sono duri, sia per la bestia che per il padrone, ma non era quella specie di mummia di uccello, terrorizzato e aggressivo, il falcone che aveva tanto desiderato!

Messer Rinaldo rise della sua delusione. « Voi sapete, mia cara, che, per fare del falcone un buon cacciatore, dobbiamo abituarlo a fare cose contrarie alla sua natura. La natura gli suggerisce di temere gli uomini, e invece deve imparare a sopportare la loro presenza. La natura lo vuole libero, e lui deve vivere prigioniero. Non solo, ma prigioniero volontario, perché deve imparare a tornare anche quando lo liberiamo perché voli dietro alla preda. La natura vuole che si cibi delle bestie catturate, e noi dobbiamo insegnargli a non divorarle e a riportarle intere... Tutto questo ci costa degli sforzi, ma state certa che al falcone costa molto, molto di più... Forse che non lo sapevate? »

Melisenda aveva già avuto tra le mani il trattato scritto dal leggendario re Danco e quelli dei falconieri dei re normanni di Sicilia, mastro Guillelmo e mastro Gerardo, e dunque conosceva molte notizie teoriche sugli uccelli da preda. Sapeva che questi si dividono in quattro grandi famiglie, la più nobile delle quali è quella dei falconi. E il più nobile dei nobilissimi falconi è il 'girifalco', il grande falco d'Islanda, che però è difficile da acclimatare e da addestrare, perché è testardo, rissoso e litiga continuamente coi compagni... Sapeva che i maschi degli uccelli da preda non valgono niente e che alla caccia vanno addestrate soltanto le femmine... Conosceva il tipo di cibo necessario e le cure per le malattie e sapeva come si addestrano e si tengono in esercizio... Sapeva queste e tante altre cose e aveva anche familiarità con i falconi già addomesticati di suo padre.

Ma, nella sua stupida ingenuità, aveva sempre sognato che fra lei e il *suo* falcone sarebbe nato un amore a prima vista. Ora invece suo padre le affidava quest'essere grinioso e ostile che, nonostante i legami, cercava di straziarle le mani col becco...

« Non è opportuno che resti con gli altri uccelli, finché è ciliato » le disse. « Portatelo nella stanzetta più alta della torre, tenetevelo al buio e al silenzio. Entrerete soltanto voi, più volte al giorno, a portargli da mangiare, e in quelle occasioni parlategli a lungo, dolcemente, a voce bassa, e carezzatelo con delicatezza sul collo e sul dorso... Deve abituarsi alla vostra presenza. Vi avvertirò io quando sarà arrivato il momento di ridargli la vista».

Così per Melisenda cominciò un lungo periodo di quarantena.

Le cure per lo sparviero assorbivano la maggior parte del suo tempo. Sua madre le risparmiò i lavori al fuso e al telaio e le lezioni di *opus anglicanus*, il ricamo inglese all'ultima moda, che le ragazze prendevano da una donna del castello.

Però non volle sollevarla dalle lezioni di Giovanni da Bologna. «Se andrete a corte col vostro falcone» le diceva, «vi serviranno di più il latino, la musica e la geometria, della filatura e del ricamo...»

Messer Rinaldo aveva messo come condizione che Melisenda si occupasse da sola del suo sparviero, senza l'aiuto di nessuno. E così la bambina correva su e giù tutto il giorno per le scale ripide della torre con l'acqua fresca per il bagno, le ciotole di cibo, le purghe di bambagia intrisa d'aceto, o semplicemente per controllare dalle feci che la bestia fosse in buona salute, per parlarle, per carezzarla, per calmarla quando, dal suono della campanella, capiva che era agitata. La nutriva con pollo lessato, bocconcini di formaggio fresco e ricotta, uova cotte nel latte... Ma le prime volte lo sparviero arruffava le piume, sbatteva le ali, protendeva gli artigli minacciosi a respingere la mano e il pasto... Solo dopo qualche tempo si abituò a farsi imboccare dato che, cieco com'era, non poteva cercare il cibo da solo, se non con l'olfatto.

Anche durante le lezioni di maestro Giovanni, Melisenda viveva sempre all'erta, l'orecchio teso al suono della campanella nella stanza al piano superiore. Certe volte, la sera non riusciva a tenere gli occhi aperti dalla stanchezza, ma non arrivò mai al punto di scoraggiarsi, non pensò mai di lasciare l'impresa a metà.

Messer Rinaldo assisteva in silenzio ai suoi sforzi, senza mai una lode, senza una parola di incoraggiamento, correggendola con durezza quando sbagliava, diventando sempre più critico e più esigente. Però la notte, quando si trovava in camera con madonna Yvette, commentava compiaciuto i progressi fatti da Melisenda e la costanza che la ragazzina, benché così giovane, metteva nel rispettare l'impegno assunto.

« Vi somiglia » rispondeva allora la dama. « Non sono ancora riuscita a darvi un erede maschio, ma la vostra seconda figlia somiglia tutta a voi... Mi piace. Sono fiera di Melisenda ».

« E di me non siete fiera, madonna? » chiedeva scherzando il falconiere.

« Credete che vi avrei sposato, se non lo fossi? » rispondeva madonna Yvette. « Prima ancora di vedervi in viso, sapevo che eravate un falconiere del re e conoscevo tutte le doti che sono richieste a un buon falconiere. Volete che ve le enumeri? Dev'essere di statura media, né alto né basso, né magro né grasso, per muoversi agevolmente in campagna dietro ai suoi uccelli. Dev'essere sempre in esercizio, intelligente e pieno d'iniziativa. Deve avere buona memoria, vista acuta, udito sottile e voce potente. Dev'essere agile e veloce, coraggioso e buon nuotatore. Né goloso né ubriacone, né irascibile, né pigro, né negligente, né bighellone, né perdigiorno. Non dev'essere dormiglione. Deve andare a letto tardi, alzarsi presto, avere il sonno leggero per sentire la campanella... »

« ... deve portare un guanto robusto, lungo fino al gomito e una borsa chiamata carniere alla cintura! » terminò di recitare messer Rinaldo. « E così, bella dama, se non avessi avuto il guantone, l'udito fino e tutto il resto, non mi avreste sposato? »

« Certo che no. La regina Costanza mi aveva garantito che voi possedevate tutte quelle qualità e altre ancora... Non vi avrei sposato se foste stato un ubriacone perdigiorno, irascibile e codardo! »

« Ah, no? Perché adesso sono le fanciulle che decidono chi sposare? Mi avreste sposato ugualmente, cara mia, se il re e i vostri parenti ve lo avessero ordinato ».

« Ebbene, sì » ammise a malincuore madonna Yvette. « Ma non sarei stata fiera di voi. A questo, né il re né i parenti potevano obbligarmi ».

4

Dove tutti i progetti per il futuro di Konrad vengono sconvolti.

Gli alunni di Giovanni da Bologna non erano mai stati distratti e con la testa fra le nuvole come in quel periodo.

« Sarà la primavera! » cercava di giustificarli il maestro, che anche lui col primo sole sentiva risvegliarsi nel sangue tutte le smanie di vagabondaggio dei vecchi tempi. In realtà però sapeva che a ciascuno dei ragazzi frullava per la testa qualcosa molto più interessante delle sue lezioni.

Melisenda era come se non ci fosse, con tutta l'attenzione concentrata al suono di quella dannata campanella, gli occhi pesti per la mancanza di sonno, le mani coperte di graffi.

Costanza non pensava che alla festa di San Giovanni, contando con impazienza i giorni che la separavano dal 24 giugno. L'unica cosa che riusciva a interessarla era la lettura del famoso libretto, e il maestro doveva rassegnarsi a far lezione su quello. Alcune pagine costituivano un vero e proprio manuale di conversazione per Outremer. Spiegavano in greco, in arabo e in francese come si dovevano tradurre e pronunciare le frasi più necessarie per un pellegrino, quali: « Buongiorno », « Benvenuto », « Indicatemi la strada », « Datemi alloggio per stanotte », « Donna, hai del cibo? » e la più importante di tutte: « Quanto costa? » con la risposta conseguente che bisognava dare in ogni caso a quegli imbroglioni dei saraceni: « Troppo! »

Così, se non altro, i ragazzi, trascinati da Costanza nella finta conversazione, imparavano le lingue.

Konrad, dal canto suo, cercava di controllarsi, ma, da quando aveva visto i tre Cavalieri Teutonici sulla strada del castello, viveva in uno stato di agitazione e d'inquietudine.

« Vanno in cerca di un ragazzo tedesco che abita da queste parti » aveva detto il vagabondo.

E l'unico ragazzo tedesco che abitava da quelle parti era Konrad. Cosa volevano da lui i terribili monaci combattenti? Konrad non osava parlarne ai suoi ospiti e temeva le beffe delle ragazze. Quando la tensione gli era diventata intollerabile, si era confidato col maestro, ma Giovanni da Bologna non era stato in grado di rassicurarlo. « Forse non siete voi quello che cercano. È inutile fasciarsi la testa prima di essersela rotta » si era limitato a consigliare.

Però Konrad la notte si rigirava nel letto senza prendere sonno e, durante le lezioni, dava soltanto risposte sbagliate. Tanta era l'angoscia per l'incertezza del futuro, che quando finalmente avvistò sulla strada i tre cavalieri dal bianco mantello diretti verso casa sua, provò come un senso di sollievo. Corse a chiudersi nella sua stanzetta e si lavò il viso con acqua gelata, cercando di respirare profondamente per calmare l'agitazione del cuore. Non era un tipo espansivo, Konrad, e non amava mostrare le proprie emozioni. Così, quando il servo lo venne a chiamare da parte di messer Rinaldo, aveva ripreso il controllo di sé e fu in grado di varcare la soglia del salone con un sorriso calmo e cortese.

« Ecco il ragazzo! » disse messer Rinaldo.

« È alto abbastanza! » commentò quello che sembrava il capo dei tre cavalieri.

Konrad si morse le labbra e fece due passi avanti senza batter ciglio.

« Questi cavalieri sono venuti a informarvi della volontà di vostro padre » gli spiegò affettuosamente messer Rinaldo, che aveva indovinato la sua agitazione e voleva liberarlo al più presto dell'ansia dell'incertezza. « Vostro padre giudica che il periodo della vostra educazione presso di noi sia durato abbastanza e vi ordina di farvi cavaliere. Questi signori hanno chiesto e ottenuto dal barone la vostra investitura a meno che non preferiate farvi religioso ed entrare nel loro ordine cavalleresco... »

« Cavaliere io? » chiese Konrad incredulo. « Ma se non so neanche andare bene a cavallo! Anzi, neppure possiedo un cavallo né una corazza, né tutto il resto! E non so tirare di spada, né usare la lancia e lo scudo... »

« Per il cavallo e l'equipaggiamento ci pensa l'imperatore » disse il più anziano dei Teutonici, « a patto che promettiate di partire con lui per Outremer. L'erario ha disposto un fondo speciale a questo scopo, un prestito ai cavalieri poveri che verrà detratto dalla loro parte di bottino una volta a Gerusalemme. Per l'addestramento, avete ragione: il tempo è breve, da qui a San Giovanni. Ma noi tre ci fermeremo al castello e provvederemo a darvi gli insegnamenti necessari, visto che finora il vostro ospite ha trascurato un dovere così importante ».

Messer Rinaldo si sentì punto da quella critica. « Suo padre ha mandato il ragazzo come paggio presso mia moglie » precisò. « Non ha mai parlato di volerne fare un cavaliere... »

« E cosa credevate che volesse farne? » disse sarcastico l'uomo dal bianco mantello. « Sapete bene che Konrad è il secondogenito e che il titolo e i possedimenti di suo padre vanno al fratello maggiore. L'unica soluzione per lui è cercare fortuna in Outremer, combattendo per la Croce, difendendo le vedove e gli orfani, i deboli e gli oppressi... »

'Ovvero, creando vedove e orfani con l'opprimere i saraceni più deboli' pensò arrabbiato messer Rinaldo, ma disse invece con un cortese sorriso: « Poteva fare il mercante, per esempio, o il chierico... Il ragazzo ha sempre dimostrato interesse e amore per lo studio... »

« Messere, non vi dovrei spiegazioni, perché non siete voi il padre del ragazzo » disse sdegnosamente il capo dei cavalieri, « ma vi prego di riflettere che la famiglia di messer Konrad è nobile, anche se povera, e che un suo rampollo non può abbassarsi a simili professioni ».

Konrad avrebbe voluto protestare, dire che lui aveva già fatto i suoi progetti. Che voleva andare a studiare medicina alla scuola di Salerno, oppure a Napoli, dove re Federico aveva appena aperto la prima università statale dell'impero... Avrebbe voluto fuggire e andare a nascondersi nel granaio più lontano... Ma, davanti agli occhi di ghiaccio dei tre Cavalieri Teutonici, le proteste, le obiezioni, la paura stessa, gli si gelarono nel petto, legandogli la lingua e arrestandogli i battiti del cuore. Chinò il capo in atto di sottomissione e mormorò: « Sono pronto a fare la volontà di mio padre ».

Dopo questa frase, la tensione che c'era stata fra messer Rinaldo e i tre visitatori si sciolse. Corsero dei sorrisi, dei gesti di cortesia. I Cavalieri furono invitati a dividere il pasto con la famiglia. Madonna Yvette presentò le quattro figlie: le tre maggiori istruite nel latino e nel dolce francese, nella grammatica, nella musica e nella geometria, capaci di giocare a scacchi, a dama e ai dadi, di raccontare novelle, rispondere con amabile arguzia, cantare e suonare strumenti musicali, filare, tessere e ricamare...

Costanza chinò la testa biondo lino arrossendo di piacere per tanti elogi e di emozione per l'incontro con i monaci guerrieri votati alla difesa dei pellegrini in Terrasanta.

Melisenda chinò la testa rossa, seccatissima che non fosse stata menzionata la sua abilità di falconiere (anche se era ancora tutta da venire).

Sibilla chinò la testa bruna – così simile a quella di Nureddin, suo fratello di latte e compagno inseparabile – e si chiese se i tre cavalieri avrebbero mai scoperto che sua madre mentiva e che lei non era capace di fare nemmeno la metà delle cose che erano state elencate.

Alice non poté chinare la testa, ciondolante nella cuffietta di damasco azzurro sulle strette fasce di broccato. D'altra parte non possedeva ancora abilità che potessero essere vantate davanti a dei cavalieri.

5

Dove Konrad parte malvolentieri incontro al proprio destino.

Messer Rinaldo sospettava che dietro a tutta quella fretta di voler armare nuovi cavalieri ci fosse la difficoltà di trovare uomini per l'esercito dell'imperatore e, a tavola, portò abilmente il discorso sull'imminente crociata.

I tre ospiti dovettero riconoscere che la propaganda fatta da Di Salza in Germania e da Di Brienne in Francia aveva dato scarsi risultati. C'era la guerra tra Francia e Inghilterra per il possesso della Normandia e la gente aveva altro a cui pensare.

Messer Rinaldo supponeva anche che le ultime sconfitte subite dai cristiani in Outremer non rendessero più Gerusalemme un miraggio così desiderabile per tutti gli squattrinati d'Europa, per tutti gli avventurieri in cerca di nuovi spazi dove procurarsi le ricchezze che non trovavano in patria, per tutti i disperati che sarebbero andati dovunque pur di fuggire la servitù della gleba, le carestie, le epidemie, la fatica disumana della vita dei campi... Outremer non era più il paese di bengodi dei tempi di re Goffredo e di re Baldovino. Gli infedeli avevano imparato a organizzarsi e a difendersi. I mercanti non prevedevano più tanta facilità di guadagno, gli esaltati sapevano che il loro sogno di martirio rischiava di trasformarsi in una sgradevole realtà... Aveva voglia Papa Onorio di predicare! Avevano voglia Di Salza e Di Brienne di cavalcare per l'Europa chiamando i principi cristiani alla riscossa contro i cani infedeli!

Naturalmente non comunicò queste riflessioni ai suoi commensali. Si limitò a un'occhiata in direzione di sua moglie che sorrideva cortese agli ospiti senza unirsi alla conversazione.

Costanza, invece, era rimasta molto delusa da queste notizie, ma ebbe presto modo di rincuorarsi perché uno dei cavalieri concluse: « Però il nostro Gran Maestro, Ermanno Di Salza, ha riunito tutti i principi tedeschi a Norimberga e li ha convinti a firmare un impegno scritto. Partiranno a San Giovanni con re Federico, e con loro partiranno altri principi del nord... Persino il re di Danimarca, Valdemaro, si unirà alla crociata! »

Konrad mangiava in silenzio e si chiedeva se i Cavalieri Teutonici lo avrebbero portato via con loro quella notte stessa. Il suo cuore era oppresso, gli pareva che tutto il mondo gli fosse crollato addosso... Studi, speranze, progetti, tutto distrutto! E adesso anche gli affetti più cari: quella dama, quelle ragazze che erano state la sua famiglia, messer Rinaldo, che era stato più di un padre per lui, e la vita cortese di conversazioni, canzoni, gentilezze, senza la violenza e la brutalità del mestiere delle armi...

Si sa che ogni paggio è destinato a diventare cavaliere e che continuerà a servire la dama del suo signore con la spada così come prima l'aveva servita col liuto, ma negli ultimi anni le abitudini di re Federico e della sua corte avevano fatto sperare che la violenza delle armi potesse essere vinta dalla cortesia, dalla scienza, dalle arti. Invece era stata solo un'illusione...

Se suo padre voleva fare di lui un cavaliere, avrebbe dovuto mandarlo subito come paggio in casa di un soldato, non presso un falconiere di re Federico!

« Alzati, ragazzo, e va a preparare la tua roba » ordinò brusco il capo dei cavalieri. « Partirai con noi stanotte ».

Konrad guardò disperato messer Rinaldo, ma quello non fece alcun cenno di risposta. Ormai non aveva più autorità: il ragazzo non faceva più parte della sua famiglia.

Quando furono pronti per partire, in piedi vicino ai cavalli nella notte fredda e stellata, Sibilla uscì correndo e si attaccò alle gambe di Konrad. « Non andare via » piangeva, « rimani, non andare! » e, nella sua disperazione, si aggrappava anche al mantello del cavaliere più vicino, come per trattenerlo.

Questi dapprima la considerò divertito, con una scintilla d'indulgenza per i suoi quattro anni incapaci di controllarsi, poi, infastidito, se la scrollò di dosso come un cagnolino e Sibilla cadde indietro strillando più forte: « Konrad, Konrad, non andare via! »

Quel pianto li seguì nella notte per un buon tratto di strada mentre cavalcavano senza una parola, allontanandosi dalla casa di messer Rinaldo, e suonò per Konrad come l'ultimo saluto della sua fanciullezza.

Costanza e Melisenda lo avevano congedato con fredda cortesia sotto gli occhi gelidi dei tre cavalieri. Erano grandi, loro, e avevano ricevuto una buona educazione.

Ma, una volta che gli ospiti ebbero portato via l'amico e che madonna Yvette fu corsa a chiudersi nelle sue stanze premendosi il velo contro la bocca, le due sorelle salirono nei loro appartamenti e poterono finalmente esprimere le loro emozioni, che erano molto diverse, per non dire contrastanti.

Melisenda aveva scoperto che Konrad le aveva lasciato sul letto, involto nel suo panno scarlatto, il libro sulle piante di Alberto Magno, ma questo non la consolava affatto: era furibonda che un ordine arrivato da lontano – poche fredde parole – fosse bastato a portarle via l'amico prediletto.

Costanza invece, benché triste per la separazione, invidiava Konrad, che stava per diventare un 'vero' cavaliere e che sarebbe partito per Outremer dietro espressa richiesta del re.

« Ma non è giusto! A lui non piace! » protestava Melisenda.

« Non è necessario che gli piaccia » la ammoniva Costanza dall'alto dei suoi tredici anni, « neanche al vostro falcone piace imparare le cose contrarie alla sua natura che voi state cercando d'insegnargli. Rinuncereste alla caccia soltanto perché all'inizio al vostro sparviero non piace ubbidirvi? Perché mai il Papa e l'imperatore dovrebbero rinunciare al Santo Sepolcro solo perché Konrad preferisce i libri alla spada? »

6

Nel quale Melisenda fa i primi passi nel duro noviziato da falconiere.

Col passare del tempo lo sparviero si abituò alla presenza di Melisenda. Adesso riconosceva il suo passo per le scale della torretta e, quando sentiva cigolare la porta della stanza, se ne restava immobile sul trespolo, aspettando il cibo e le carezze.

« Bello! » gli diceva Melisenda, lisciandogli le penne del dorso e grattandogli dolcemente la testa fra gli occhi accecati. « Bello mio! Sarete il miglior cacciatore del Regno di Sicilia. Faremo grandi cose, insieme, voi e io! »

Gli aveva dato un nome, Sparr, e l'uccello sentendosi chiamare rispondeva con un verso chioccio e rauco, protendendo il capo verso la direzione da cui veniva la voce.

Nei primi tempi, però, tollerava solo la presenza della padroncina. Un giorno che i tre ragazzi ricevevano la loro lezione da maestro Giovanni nella stanza al piano di sotto, avevano sentito uno scampanellare furioso, un battito frenetico di ali. Melisenda era corsa di sopra col cuore in gola e aveva trovato nella stanzetta Sibilla e Nureddin che si addossavano al muro spaventati, mentre lo sparviero cercava ciecamente di assalirli, trascinandosi dietro il trespolo cui era legato con i getti e la longa e sbatacchiandolo rovesciato sul pavimento.

Sibilla piangeva e Nureddin cercava di proteggerla facendole scudo col suo corpo. « Volevamo vederlo.

Credevamo che fosse mansueto, ormai» spiegarono fra le lacrime.

Melisenda era ancora più infuriata dello sparviero. Sollevò la sorellina da terra e la spinse malamente giù per le scale. «Verrà Rericcardo stanotte a portarti via per la tua cattiveria! E quanto a te, Nureddin, preparati! Stasera Folchetto ti darà una razione di frustate che ti farà passare per sempre la voglia di venire a disturbare il mio falcone!»

Poi aveva dovuto faticare tutto il pomeriggio per calmare l'uccello, che non si lasciava più avvicinare neanche da lei, rifiutava i bocconcini più squisiti e strattonava la longa, rischiando di spezzarsi le zampe e ferendosi le ali contro la pertica. A stento riuscì a infilargli il malleolo, poi corse dal padre in cerca di consiglio e anche per chiedere vendetta contro i due bambini che, con la loro stupida curiosità, avevano rovinato il lavoro di un mese.

Messer Rinaldo non parve stupirsi: «È troppo presto ancora perché si possa sperare in un risultato definitivo. Portatemi piuttosto una brocca d'acqua fresca e pulita». E, quando Melisenda arrivò con l'acqua, riprese: «State attenta, adesso, perché dovrete ripetere quest'operazione ogni volta che il vostro sparviero sarà agitato. Anche più avanti, quando gli avrete restituito la vista, quando avrà imparato ad andare a caccia... È il metodo migliore per calmarlo, e l'imperatore lo raccomanda a tutti i falconieri». Prese un sorso dalla brocca e si sciacquò la bocca con cura, sputando l'acqua per terra. «Dovreste farlo tre o quattro volte, finché la vostra bocca non sarà pulitissima, senza più traccia di muco, catarro, resti di cibo o altro...» Poi prese un ultimo sorso abbondante e si avvicinò all'uccello, cui aveva già tolto il malleolo e che si dibatteva rabbioso. Con gentilezza gli spruzzò l'acqua fredda sul collo, sulle ali, sul dorso, finché, piano piano, lo sparviero si calmò e rimase quieto sulla pertica. «Adesso lasciatelo tranquillo fino a domattina» raccomandò messer Rinaldo, «e poi riprendete il solito addestramento. Non preoccupatevi troppo per quest'incidente. Prima o poi dovrà incontrare altre persone, oltre a voi, ed è bene che siate preparata. Ricordate che, quando l'uccello sarà in grado di vedere, dovrete fare quest'operazione in un locale buio, sennò non serve».

Qualche tempo dopo, Sparr ricevette un'altra visita non prevista. Era l'alba, e Melisenda si era alzata presto per preparare il primo pasto della giornata. Ormai lo sparviero mangiava anche carne cruda, purché di volatile: pollo, gallina, piccione, uccelli selvatici portati dai cacciatori o dai falchi di messer Rinaldo. Melisenda gli aveva preparato anche un *tiratorium*, un piccolo attrezzo fatto di ossa e tendini di animale, con attaccate delle penne di tordo e di piccione: un giocattolo per lo sparviero che vi s'intratteneva a lungo arrotandovi sopra il rostro e gli artigli, e forse immaginando, nel buio in cui era sprofondato, che fosse un uccello, una preda appena catturata.

Ai falchi del re, messer Rinaldo preparava dei *tiratorium* di carne fresca perché non scordassero la preda nei periodi in cui non andavano a caccia. Sparr, invece, doveva aspettare di essere abituato al logoro e questo non poteva avvenire finché non gli avessero riaperto gli occhi.

Ma, per tornare a quella mattina, Melisenda saliva le scale della torre reggendo con precauzione la ciotola del cibo, quando sentì una voce provenire dalla stanza del falcone. Si bloccò sui gradini, meravigliata di non sentire anche il suono della campanella e gli strepiti dello sparviero. Tese l'orecchio e riconobbe attraverso la porta la voce di Alienor. Allora si precipitò dentro, pronta a sgridarla e a cacciarla via, ma restò bloccata dallo stupore, vedendo che Sparr se ne stava sul trespolo fermo e tranquillo. Anzi ogni tanto inclinava il capo verso la visitatrice come per ascoltarla meglio, ed emetteva quei suoni rauchi e chioccianti che Melisenda pensava fossero il loro linguaggio segreto. Piena di gelosia, rimase ad ascoltare. Alienor, senza fare alcuna differenza fra l'uccello e un essere umano, raccontava la solita storia del pellegrinaggio dei fanciulli di Stefano attraverso le dolci campagne francesi e chiedeva al falcone di partire con lei per Outremer, di aiutarla nella ricerca di Honfroi... E il falcone faceva di sì con la testa, come a dire: 'Sì, stai tranquilla, verrò con te e tutto andrà bene'.

Quando messer Rinaldo venne a conoscenza di questo episodio, decise che era arrivato il momento di ridare la vista allo sparviero.

Fecero buio completo nella stanza e accesero solo una piccola candela. Quando i loro occhi si furono abituati alla penombra, Melisenda, sotto lo sguardo vigile del padre, dovette tagliare con le forbici i punti di seta che chiudevano le palpebre di Sparr, il quale naturalmente era chiuso nel malleolo e tenuto fermo da due servi come al momento della ciliatura.

Parlavano tutti a voce bassa e cercavano di non fare movimenti bruschi, ma, appena fu in grado di aprire gli occhi, il falcone cominciò ad agitarsi spaventato e messer Rinaldo invitò Melisenda a calmarlo spruzzandogli addosso l'acqua fresca, come le aveva insegnato.

Subito dopo gli fu messo il cappuccio che gli consentiva di respirare perché lasciava fuori il becco e le narici e aveva in cima dei piccoli fori per arieggiare il capo. « È un'innovazione introdotta da re Federico per evitare che alla bestia vengano i reumatismi o altri mali alla testa » spiegò il falconiere.

Sparr passò ancora qualche tempo nella stanza della torre, dove ogni giorno veniva aumentata la luce quando gli toglievano il cappuccio. Melisenda passava ore a guardare affascinata quei severi occhi d'oro liquido che la fissavano senza un battito di ciglia.

'Siamo amici?' pensava. 'Oppure il falco mi sopporta solo perché non ne può fare a meno? Mi odia perché lo privo della sua libertà e lo costringo a obbedirmi?'

« Che problemi stupidi vi ponete, signora figlia! » la rimproverava il padre. « Cosa c'entra l'amicizia? Se noi vogliamo andare a caccia, l'animale – che è inferiore all'uomo, non dimenticatelo – deve imparare a fare non la sua volontà, ma la nostra. E ricordate anche quello che dice sempre re Federico della falconeria: 'L'utilità di quest'arte è grande, perché nobili e potenti possono svagarsi piacevolmente dai loro incarichi gravosi, mentre i poveri e i non nobili, servendo in quest'arte ai nobili, riceveranno da costoro i mezzi di sostentamento'. È il nostro caso, questo, ricordatelo. E il re aggiunge: 'Gli uni e gli altri poi, attraverso quest'arte, verranno a conoscenza dei procedimenti della natura'. Quindi smettetela col vostro filosofare e venite con me, che v'insegno a preparare il logoro ».

Il logoro era una tavoletta di legno pesante, della forma e delle dimensioni di un ferro di cavallo, imbottito dalle due parti e ricoperto di pelle rossa. Vi venivano cucite sopra quattro ali di anatra o piccione per farlo somigliare a una preda viva, e aveva due fettucce, sempre rosse, con cui legare di volta in volta la carne cruda. C'era poi un anello in cui passava un lungo cordone che serviva a far roteare il logoro per aria, sopra la testa del falconiere, e lanciarlo lontano perché il falco lo inseguisse.

Quando Melisenda, bucandosi le mani a sangue, ebbe finito di cucire il logoro per Sparr, suo padre le disse di tenere lo sparviero digiuno per due giorni interi, così sarebbe stato ben affamato e si sarebbe gettato su qualsiasi specie di cibo. Solo allora Sparr fu portato nel campo dietro la fattoria, sempre legato con la longa e incappucciato, e Melisenda fissò al logoro un pezzo di carne di piccione cruda e sanguinolenta.

Fu tolto il cappuccio al falcone e subito dopo messer Rinaldo roteò in alto il logoro e lo lanciò non troppo lontano. Alla vista delle piume e all'odore della carne Sparr spiccò il volo e in un lampo piombò sul logoro prima ancora che questo toccasse terra. « Bravo! Ha la stoffa del cacciatore! » disse il falconiere, e, preparando un nuovo boccone di carne per il logoro, fece ripetere l'operazione a Melisenda.

Da quel giorno Sparr non ricevette altro cibo se non quello legato al logoro. Melisenda dovette imparare a gettarlo non troppo lontano, perché l'uccello era sempre assicurato al suo polso dalla longa e, se non riusciva a raggiungere il cibo, si infuriava dando degli strattoni rabbiosi che rischiavano di farla cadere.

Qualche volta nel cielo passavano a volo i colombi di madonna Yvette, e Sparr smaniava dalla voglia di strappare la longa e acciuffarli.

« Bisognerà portarlo a caccia lontano da casa, le prime volte » diceva messer Rinaldo. « Occorre che gli animali della fattoria imparino a convivere senza farsi del male ».

Per Melisenda c'erano ancora tante cose da fare.

Ora che Sparr non abitava più isolato nella torre, bisognò costruirgli un riparo nel punto più soleggiato del cortile. Bisognò procurargli una tinozza di legno sempre piena d'acqua pulita e insegnargli a fare il bagno legato alla longa, cosa che all'inizio gli dava molto fastidio.

Poi Melisenda ricevette il guanto di cuoio spesso, lungo fino al gomito, e dovette imparare come piegare il braccio per far appollaiare comodamente l'uccello sul pugno. Non solo, dovette imparare anche a montare e smontare da cavallo tenendo il falco sul braccio senza farlo cadere. E dovette abituare Sparr, oltre che alla presenza del cavallo, anche a quella dei cani, perché imparassero a cacciare insieme la selvaggina troppo grossa per il solo rapace.

Ogni giorno ce n'era una nuova e tutti i giorni bisognava ripetere infinite volte tutte le esercitazioni dei giorni precedenti, perché la lunga abitudine doveva rendere spontaneo ogni gesto del falco e del falconiere.

Melisenda però non si perdeva di coraggio, anzi ogni tanto prendeva da sola delle iniziative che andavano oltre le istruzioni di suo padre. Come il giorno in cui – temendo che, una volta sciolta la longa, Sparr sarebbe volato via per mai più tornare – andò a cercare nel libro del leggendario re Danco una ricetta per farlo affezionare alla padrona.

La ricetta era questa: « Perché non si parta dall'omo volentieri, prendi degli apii, dei petresemoli, della menta, e tutta insieme la minuta meschia con lo pasto tutto caldo, e dàilo. Lo re Danco lo fece ».

E anche Melisenda lo fece, augurandosi in cuor suo che funzionasse.

La primavera avanzava. I falchi adulti erano usciti dai locali della muda con le penne nuove.

Il lavoro comune e il prolungato rapporto quotidiano cementavano l'affetto tra padre e figlia. Costanza e Sibilla si sentivano un po' escluse da questa intesa, ma Sibilla aveva Nureddin e Costanza si consolava col miraggio della festa di San Giovanni, ogni giorno più vicina.

Solo madonna Yvette, privata del suo paggio fedele, trascorreva in solitudine i pomeriggi. Pensava che anche Konrad, in quei giorni, come Sparr, veniva addestrato a forzare la propria natura. Gli veniva insegnato, come ai rapaci dai falconieri, a diventare un puro strumento di aggressione nelle mani del maestro.

Le mancava la compagnia silenziosa del ragazzo e le pareva che quell'anno la primavera fosse giunta invano.

7

Dove la famiglia Rufo riceve un invito e si reca in visita al castello del barone.

Madonna Yvette non aveva mai visto Selima così agitata. La schiava saracena aveva perso la testa dal momento in cui le avevano detto di prepararsi insieme a Sibilla per accompagnare la famiglia al castello.

Il barone di Minervino aveva invitato i Rufo a cena; quella sera dava un ricevimento in onore dei suoi ospiti: i Lancia di Vercelli, che stavano per ripartire diretti a Brindisi, e i tre Cavalieri Teutonici che invece sarebbero rimasti a casa sua fino a San Giovanni.

Solo sessant'anni prima un Rufo non avrebbe osato sperare di potersi sedere a mensa con la famiglia del suo signore, ma nelle due ultime generazioni erano avvenuti molti cambiamenti. Per procurarsi il denaro necessario a seguire i loro re alle crociate, anche gli antenati del barone, come molti altri signori, avevano dovuto concedere privilegi ai borghesi, agli artigiani, persino ai contadini. Le distanze sociali si erano necessariamente accorciate.

Messer Rufo, inoltre, adesso era ricco quanto un nobile, perché suo padre aveva a suo tempo riscattato la fattoria, le cui terre, coltivate in modo intelligente con l'aiuto di ortolani saraceni, prosperavano più dei latifondi baronali.

Non solo, ma l'imperatore lo pagava generosamente per l'allevamento dei falconi e, in più, lo ammetteva con familiarità alla sua tavola e alla sua conversazione. Messer Manfredi Lancia lo onorava della sua amicizia e aveva espresso il desiderio d'incontrarlo... Poteva il barone mostrarsi più sdegnoso di personaggi tanto altolocati?

Così, quel pomeriggio del 10 maggio 1225, tutta la famiglia di messer Rufo, vestita a festa, cavalcava con servi e palafrenieri verso il castello.

Erano tutti molto curiosi di vedere il nuovo arredamento della dimora del barone, di cui in paese si dicevano grandi meraviglie. Dopo aver varcato il ponte levatoio, scesero di sella, affidarono i muli ai servi nel grande cortile interno e finalmente entrarono nell'atrio già illuminato dalle torce; e allora anche madonna Yvette – per la quale nulla poteva eguagliare la Provenza in raffinatezza – dovette riconoscere che la castellana si era saputa circondare delle novità più eleganti suggerite dalla moda arrivata da Outremer.

Il castello naturalmente conservava la sua struttura massiccia: mura spesse, corridoi stretti, piccole finestre gotiche che lasciavano entrare poca luce, ma sui pavimenti non c'erano i fasci di paglia o le solite stuoie marce, bensì tappeti dai colori raffinati e, in uno stanzino privato della dama, persino un mosaico di lucide piastrelle azzurre e gialle!

Sulle panche, sui sedili, persino ammucchiati per terra, c'erano morbidi cuscini ricoperti di seta. Ai muri, arazzi ricamati e tendaggi pesanti allontanavano il freddo e l'umidità delle pietre grigie. Nel camino ardeva un enorme ceppo, che riscaldava e illuminava l'ambiente, e qua e là, appese ai ganci del muro, bruciavano piccole lanterne di bronzo a forma di elefante con la torretta da combattimento. E nelle lampade ardeva un olio balsamico che profumava l'aria di cannella e spezie.

Agli ospiti, che ammiravano a bocca aperta questi lussi orientali, il barone spiegò benevolmente che era stato suo zio Boemondo a mandargli i maestri artigiani da Antiochia. «... Sapete, è andato in Outremer al tempo della terza crociata e dopo non è più voluto tornare... »

« Eccome, se lo so! » rise messer Rinaldo. « Non ricordate che mio padre partì con lui e che combatterono insieme contro gli infedeli? »

Costanza ascoltava tutt'orecchi. Sapeva di questo strano nonno crociato e se ne vergognava un po', perché secondo lei non si era comportato abbastanza eroicamente. A Melisenda, invece, il nonno Tancredi Rufo era molto simpatico, anche se non aveva fatto in tempo a conoscerlo.

Tancredi era il figlio secondogenito del loro bisnonno, il fattore del castello, ed era un ragazzo così scapestrato e vagabondo che non si sapeva come utilizzarlo nel lavoro dei campi. Era svelto nei calcoli, intelligente e pieno d'iniziativa, ma amministrare la tenuta non poteva, perché questo toccava al primogenito. Tancredi non ne voleva sapere di eseguire gli ordini del fratello. Mangiava il pane a ufo, corteggiava le serve del vicinato e una volta si era fatto arrestare per bracconaggio.

Il barone di allora aveva sempre stimato la famiglia del fattore per la sua laboriosità e onestà, ed ora la stravaganza, per non dir peggio, di questo rampollo rischiava di guastare i rapporti dei Rufo col castello!

Perciò, quando fu indetta la terza crociata e vennero i capitani nelle campagne ad arruolare i giovani, con un respiro di sollievo il bisnonno corse a firmare l'ingaggio per il suo secondogenito.

Anche il suo signore, però, aveva approfittato della medesima occasione per risolvere un suo problema familiare.

Il barone di quei tempi aveva solo due figli gemelli,

due maschi nati a un quarto d'ora di distanza l'uno dall'altro, e il più giovane non voleva rassegnarsi al fatto che quei pochi minuti di ritardo lo privassero del titolo e delle ricchezze paterne. Boemondo, si chiamava, ed era invidioso e intrigante quanto altri mai. Aveva cercato di corrompere la levatrice perché dicesse di aver confuso i due bambini nella culla, mentre l'altro portava ancora chiarissima sul braccio la cicatrice del taglio che era stato fatto – per riconoscerlo – al primo bambino venuto alla luce.

Visto che da questo lato non c'era niente da fare, Boemondo aveva osato proporre a suo padre questa pazzia: poiché due gemelli non possono necessariamente nascere nello stesso istante, ma certo nello stesso istante sono concepiti, volesse il barone rendergli giustizia considerandolo coetaneo e non minore del fratello e dividendo quindi in parti uguali titoli e possedimenti.

Naturalmente il padre non gli aveva dato ascolto e Boemondo aveva continuato a tramare inganni, tanto che lo si sospettava di aver tentato di avvelenare il fratello maggiore.

La crociata era arrivata a buon punto e Boemondo, fornito di cavallo e armatura, era stato imbarcato sulla prima galea disponibile. Tancredi Rufo gli si era associato come scudiero. Durante la guerra in Outremer il perdigiorno e l'invidioso avevano tirato fuori il lato migliore dei rispettivi caratteri, non tanto combattendo eroicamente, quanto conservando avvedutamente il bottino conquistato.

Finita la guerra Boemondo si era trovato ricco, anche più ricco di suo padre e di suo fratello. E saggiamente aveva rinunciato a tornare in Puglia, dove lo aspettavano solo litigi, umiliazioni e una misera posizione di cadetto: si era stabilito ad Antiochia e si era dato alla vita lussuosa e raffinata dei cavalieri cristiani d'Outremer, riconciliandosi da lontano col figlio del suo gemello, l'attuale barone.

L'ex scudiero Tancredi Rufo, invece, si era imbarcato su una nave genovese e aveva investito nel commercio il denaro ricavato dal suo bottino, moltiplicandolo in pochissimo tempo. Così si era potuto togliere la soddisfazione di tornare a casa pieno di ducati e di comprare dal barone la fattoria dove suo padre e i suoi fratelli in fondo erano soltanto dei servi. Questo era stato il premio guadagnato in Outremer da Tancredi Rufo, e ora suo figlio Rinaldo, diventato ricco falconiere del re, sedeva alla stessa tavola del barone!

Il pranzo fu squisito: anche in cucina, al castello si usavano le raffinatezze più moderne. C'era brodo di cappone condito con mandorle, chiodi di garofano, zenzero, cannella e formaggio fresco. C'erano ravioli di maiale con formaggio, uova, prezzemolo e miele. C'erano pesce in gelatina, cinghiale arrosto, prosciutto affumicato. E i dolci non erano conditi come al solito col miele, ma addirittura con lo zucchero!

I numerosi ospiti sedevano ai due lati delle lunghe tavole, gettando le ossa dei polli e dei capretti ai cani da caccia, che se le contendevano tra le gambe della gente e facevano inciampare i servi che arrivavano con sempre nuove portate.

Ma, per quanto le due ragazze si guardassero intorno, non c'era ombra di Konrad, nel vasto salone. Melisenda allungava il collo sopra le spalle dei vicini e si storceva tutta sulla panca, urtando col gomito madonna Bianca Lancia che le sedeva a fianco e si portava il cibo alla bocca dopo averlo infilato su un arnese a due punte che chiamava 'forca' o 'forchetta'. La stranezza di questo arnese sconosciuto attrasse l'attenzione di Costanza, e Bianca le spiegò che era un'abitudine orientale, una raffinatezza per non sporcarsi le dita coi sughi, le salse, il grasso degli arrosti... Era stata una dama di Bisanzio, andata sposa al figlio di un doge veneziano, che per prima aveva portato la forchetta in Europa.

Da lontano Bianca sembrava altezzosa e scostante, ma, a parlarci, si capiva che era soprattutto timida.

Poiché le due sorelle Rufo da parte loro timide non lo erano affatto e non si facevano pregare a prendere l'iniziativa, ben presto fecero amicizia e nel discorso saltò fuori il nome di Konrad.

« Lo conosco » disse Bianca. « Sta qui al castello anche lui. Ma deve prepararsi a diventare cavaliere e non può partecipare ai banchetti ».

« Peccato! » sospirò Melisenda, tuffando le dita in un piatto di pasticcio di selvaggina e leccandosele poi con gusto. « Speriamo che ce lo facciano vedere dopo cena! »

« Chissà... » rispose Bianca. « I suoi tre istruttori sono terribilmente severi. Lo costringono a esercitazioni pesantissime e lo tengono isolato da tutti. Io sono riuscita a parlargli soltanto due volte. Poveretto! »

« È così che si diventa cavalieri » protestò Costanza. « Bisogna purificare l'animo con una vita austera e rinforzare il corpo con fatiche e privazioni ».

« Non mi pare che i tre Cavalieri Teutonici si privino di niente » osservò Melisenda, indicando i tre tedeschi che bevevano e mangiavano a quattro palmenti alla tavola del barone.

« Ma loro sono stati ordinati cavalieri chissà quanti anni fa! » le fece notare Costanza, che voleva difendere a tutti i costi la categoria.

8

Dove ritroviamo Konrad, che è costretto a indossare per la prima volta l'armatura.

Quando i commensali ebbero placato i primi morsi della fame e cominciarono a piluccare svogliatamente nei piatti, il maestro di tavola fece un cenno e due menestrelli avanzarono al centro della sala.

Sul viso di madonna Yvette si dipinse un'espressione di beatitudine e anche le altre dame smisero di mangiare o conversare e rivolsero tutta la loro attenzione ai due giovani, che cantavano accompagnandosi con un piffero e un liuto. Ma i tre Cavalieri Teutonici si alzarono da tavola e si avviarono alla porta cercando di non dare nell'occhio. Subito dopo, messer Lancia e messer Rufo li imitarono.

«Seguiamoli!» propose Melisenda, cui la manovra non era sfuggita. «Forse vanno da Konrad!»

E, trascinandosi dietro Bianca Lancia, le due sorelle sgusciarono fuori e si precipitarono per il corridoio all'inseguimento degli uomini.

Per quanto leggere fossero le sei pianelle di seta, il rumore dei loro passi non sfuggì all'orecchio vigile dei tedeschi, che si voltarono di scatto inchiodando le tre ragazze col loro gelido sguardo interrogativo. Anche gli altri tre uomini si voltarono meravigliati.

«Vi prego, messer padre...» balbettò Melisenda, che era la più coraggiosa. «Vi prego, barone... perdonateci... Ma non abbiamo ancora abbracciato il nostro amico messer Konrad...»

«Messer Konrad non ha tempo per le sciocche cortesie e le lacrime delle damigelle » rispose il capo dei Cavalieri Teutonici. « Tornate in sala, signore, alle vostre musiche e alle vostre canzoni! »

« Barone, ci raccomandiamo a voi! » insistette Costanza facendosi forza. (Come avrebbe potuto duellare con le scimitarre dei saraceni, se bastavano lo sguardo e la voce di un tedesco a metterla fuori combattimento?)

« Basta, figlia mia. Niente discussioni. Tornate da vostra madre » ordinò seccato messer Rinaldo.

« Bianca, dite qualcosa! A voi non negano niente » supplicò Melisenda, giocando l'ultima carta.

Sebbene anche a lei i Cavalieri Teutonici incutessero un vero terrore, Bianca era un'amica generosa anche se di fresca data; perciò drizzò il capo sul collo esile, gettò indietro i famosi capelli biondi e, ignorando deliberatamente tutti gli altri, disse con la sua vocina infantile: « Messer zio, anch'io voglio parlare col ragazzo tedesco ».

« In fondo che male c'è? » assentì subito messer Manfredi Lancia. « Perché non possiamo portare queste damigelle con noi? I due ragazzi non stanno facendo né il digiuno né la veglia d'armi... »

Era amico intimo del re, l'ospite più importante del castello: ogni suo desiderio era legge.

Così, cinque minuti dopo Melisenda saltava al collo di un Konrad pallido e dimagrito, tempestandolo di domande senza curarsi affatto della presenza, nella stanza, di un altro aspirante cavaliere. Costanza invece era andata a inchinarsi rispettosamente davanti al giovanotto che aveva riconosciuto per Guglielmo, il figlio maggiore del barone.

I due ragazzi abitavano nella torre, in un appartamento freddo e disadorno dove erano accuditi soltanto dai rispettivi scudieri e dai tre Cavalieri Teutonici.

Konrad non poté raccontare alle amiche tutti i particolari della sua nuova vita perché i tre istruttori lo sorvegliavano da vicino, infastiditi per l'incontro che avevano dovuto permettere e impazienti che le tre ragazze si congedassero.

Ma Bianca sedeva a fianco di messer Manfredi nel vano della finestra, decisa a non muoversi fino a quando pure gli uomini non fossero usciti.

Non c'era bisogno di molti racconti, però, per capire che Konrad non era felice. E così pure il grasso Guglielmo, amico di bisbocce di maestro Giovanni da Bologna, che certo amava le osterie, il vino, i dadi e le canzoni sguaiate più dei volteggi a cavallo e dei giuramenti della cavalleria.

E ancora non avevano cominciato le esercitazioni con l'equipaggiamento pesante, commentò sprezzante il capo dei Cavalieri Teutonici. Avrebbe voluto vederli l'indomani, armati di tutto punto!

Era arrivato infatti da Lucera il fabbro saraceno che aveva forgiato per loro armi e corazze e che doveva provargliele per adattarle alla loro misura.

Fu fatto entrare il fabbro e – grazie alla calma determinazione di Bianca – anche Costanza e Melisenda poterono assistere alla vestizione dei due aspiranti cavalieri.

Le armature fatte a Lucera erano della migliore qualità, eseguite da quegli armaiuoli saraceni che un tempo abitavano sulle montagne della Sicilia e che re Federico aveva trasferito in colonie rurali nella pianura pugliese, man mano che li vinceva dopo che si erano ribellati.

Il re aveva subito molte critiche per la sua benevolenza verso gli infedeli ribelli, ma aveva fatto orecchie da mercante. Quei saraceni non solo gli fornivano splendide armature, spade taglienti, lance robuste, frecce veloci, fuoco greco, macchine da assedio e quanto altro può servire in guerra, ma erano anche ottimi agricoltori e le loro donne tessevano la più bella seta del regno. Non erano battezzati e non avevano nessuna intenzione di lasciarsi convertire, ma che importava! Re Federico aveva imparato da tempo che anche in un cane infedele si può trovare senno, lealtà e cortesia e che, per quanto riguardava gli inganni peggiori, i tradimenti più vili, era dai principi cristiani che doveva guardarsi!

Costanza ammirava invidiosa le belle armi di Konrad e del grasso Guglielmo e pensava alla vecchia armatura del nonno Tancredi – fuori moda, ammaccata e arrugginita – che l'aspettava nel solaio di casa. Non poteva certo sperare di procurarsene una nuova: il costo era enorme e più di un cavaliere si era indebitato a vita per comprarne una. E non solo Konrad ma anche Guglielmo per armarsi avevano dovuto ricorrere alla munificenza del re, perché negli ultimi anni il patrimonio del barone non era più così fiorente e le spese per il nuovo arredamento alla moda orientale del castello avevano assorbito tutte le rendite.

Ma, grazie al denaro di re Federico, ora i due giovani potevano indossare l'‘àketon’, la veste imbottita e trapunta che si portava fra la tunica e la corazza per proteggere il corpo dal metallo e attenuare la forza dei colpi ricevuti. E sull'‘àketon’, aiutati dagli scudieri, perché da soli era impossibile, infilavano la cotta di maglia lunga fino alle ginocchia, tessuta di migliaia di anelli di ferro. Di maglia di ferro erano anche i gambali, rinforzati sugli stinchi da piastre di metallo, e il cappuccio, sopra il quale andava indossato il bacinetto, un elmo di forma conica con una lastrina di metallo che scendeva a proteggere il naso.

Il corredo comprendeva anche scarpe e guantoni di cuoio robusto rinforzati da placche di ferro, un cinturone per appendere la spada e una bella sopravveste colorata con lo stemma e la croce da mettere sopra la corazza.

Ogni cavaliere era anche rifornito di una spada, una mazza, un corredo di lance, un grande scudo e speroni per incitare il cavallo. Il quale cavallo, da parte sua, avrebbe avuto una veste rinforzata di cuoio e ferro ed era stato addestrato a impennarsi sulle zampe posteriori per attaccare il nemico colpendolo con gli zoccoli ferrati e taglienti.

Quando il fabbro ebbe finito di mettergli addosso tutta l'armatura, Konrad, invece di essere fiero, aveva un'aria così sconsolata che Costanza avrebbe voluto dargli un calcio in uno stinco. Se ne astenne, prima di tutto perché non era un gesto adatto a una damigella bene educata e poi perché gli stinchi di Konrad erano ricoperti di ferro e lei calzava soltanto leggere babbucce di seta!

Messer Guglielmo non era abbattuto, ma sbuffava dentro la cotta di maglia e la veste imbottita: « È troppo stretta! Non posso muovermi! Come pretendete che faccia roteare la spada o impugni le briglie se sono fasciato stretto come un poppante! » I Cavalieri Teutonici lo guardavano silenziosi, con freddo disprezzo.

Messer Manfredi e messer Rinaldo non ridevano per riguardo al barone, ma il giovanotto era davvero buffo, paonazzo, sudato e congestionato come un falcone grinioso dentro il malleolo. Bianca e Melisenda evitavano di guardarsi per non scoppiare a ridere, ma Costanza seguiva con ansia l'operazione.

« Ecco! Accidenti! Adesso non riesco più neanche a togliermela! E tu sta' attento, imbecille d'uno scudiero. E tu, cane di un infedele, ci hai messo un secolo a prendermi le misure, due mesi fa. Che razza di fabbro sei? O forse mi hai portato l'armatura di un altro? »

« Calmatevi, messere. Altrimenti finirete davvero i vostri giorni in quest'armatura » diceva con calma il saraceno, che armeggiava con una tenaglia e delle pinze inginocchiato davanti a lui.

« Questa è proprio la vostra e le misure allora erano giuste. Allora. Temo che abbiate mangiato un po' più del necessario, nel frattempo! »

« Come osi, cane maledetto? » smaniava messer Guglielmo, furibondo perché avrebbe voluto gettarlo a terra con un calcio, ma ne era impedito dai gambali, troppo stretti anche loro.

« Se non siete soddisfatto del mio lavoro andate a farvi armare da un altro » rispondeva il fabbro senza scomporsi, perché sapeva benissimo che la sua bottega era la migliore di tutta la Puglia.

Finalmente la tortura ebbe termine: con l'aiuto degli scudieri, i due aspiranti cavalieri riuscirono a togliersi le armature e il fabbro portò tutto via per gli ultimi ritocchi.

« Ha un viso familiare, quell'uomo » sussurrò Melisenda alla sorella. « Mi sembra di averlo già visto. O forse somiglia a qualcuno che conosciamo? »

« Non credo » rispose Costanza. « Questi saraceni sono tutti uguali. Non vedi che ha la stessa faccia di Nureddin? »

« Appunto, ecco chi mi ricorda: Nureddin! »

« Cosa ti dicevo? Si somigliano tutti ».

Abbracciando Konrad prima di andar via, Melisenda trovò il modo di sussurrargli: « Cercate di andare in cucina. C'è Sibilla con la balia che vi aspetta. Morirà di dolore, se non riesce a vedervi ».

« Ci andrò » promise Konrad. « A ogni costo! »

9

Dove si parla a lungo del mago Michele e Selima fa un incontro.

I Cavalieri Teutonici erano tornati col barone nella sala del banchetto, da dove arrivava fin sulla torre un baccano infernale. Vi s'indovinavano la musica dei menestrelli, i lazzi dei nani, le urla dei giocolieri, l'abbaiare dei cani, gli alterchi degli ubriachi e altri suoni interessanti che riempivano di desiderio e nostalgia il grasso Guglielmo, il quale per consolarsi si buttò sul letto e si mise a russare.

Konrad ne approfittò per sgattaiolare dalla finestra sul loggiato e raggiungere la cucina del castello, che si trovava al pianterreno, in un cortiletto interno dove c'era un pozzo, indispensabile in caso di assedio.

Nel grande locale buio e fumoso si svolgeva un altro intrattenimento, anche se più modesto di quello del barone: i servi banchettavano con gli avanzi attorno al focolare, ripulivano i piatti, leccavano i tegami, e quelli ancora sobri si dedicavano – come sono soliti fare i domestici – ai pettegolezzi sui loro signori. Solo Selima se ne stava in disparte, seduta in un angolo insieme al fabbro saraceno, il quale teneva Nureddin a cavalcioni su un ginocchio e Sibilla sull'altro.

« È arrivato Rericcardo! » gridò Konrad appena vide i due bambini, minacciandoli scherzosamente. Sibilla lo riconobbe, nonostante il fumo e la confusione, e corse ad abbracciarlo strillando di gioia. Nureddin, invece, si tenne un po' in disparte, vergognoso e perfettamente cosciente, nonostante avesse solo cinque anni, della sua condizione di servo.

Lo scudiero di Konrad – un uomo di mezza età che stava mangiando di gusto gli avanzi di un pasticcio di capriolo – riconobbe il giovane padrone e lo chiamò al tavolo a dividere il suo pasto. A Konrad pareva di rinascere: il cibo era buono e abbondante, il vino scioglieva ogni tensione, in cucina c'era caldo, Sibilla gli si stringeva addosso con affetto piluccando dal suo piatto, i servi lo guardavano con complicità e simpatia... Questa era vita! Non il freddo, la fatica, la solitudine delle stanzette nella torre. «... E al diavolo la cavalleria e la crociata!» esclamò già un po' ubriaco, servendosi di un cosciotto di cinghiale.

Intanto su, nel salone del banchetto, si era accesa una disputa fra le dame, che si erano divise in due fazioni.

Quella capeggiata dalla baronessa sosteneva che erano più belle le canzoni e le leggende ispirate a re Carlo e ai suoi paladini: Orlando, Rinaldo, Ruggero e tutti gli altri... Che erano più virili, più eroiche, più tradizionali.

Quella capeggiata da madonna Yvette difendeva invece la nuova moda, arrivata anni prima dalla corte di Aquitania e Poitou. Gli eroi di queste nuove canzoni erano i cavalieri bretoni della Tavola Rotonda, i fedeli di re Artù e, primo fra tutti, il valoroso Lancillotto. Anche madonna Lancia, madre di Bianca, sosteneva questa seconda tesi e si dichiarava entusiasta degli amori di Tristano e Isotta, della fata Melusina, metà donna e metà serpente, della regina Ginevra, di Merlino il mago e dei suoi incantesimi...

«Anch'io conosco un mago, forse ne avrete sentito parlare» confidò la giovane Bianca a Costanza con un brivido di piacevole paura. « È Michele Scoto, l'astrologo. Mi ha fatto l'oroscopo e ha detto che avrò due figli: il maschio sarà un poeta e un falconiere e un altro grande poeta lo renderà immortale... e poi è diventato triste e non ha voluto dirmi altro. Re Federico lo conosce da molto tempo e darebbe chissà che cosa per averlo a corte. Ma lui preferisce restare a Bologna... »

« Lo conoscete davvero, Michele Scoto? » chiese interessata Melisenda. « È vero che sa trasformare le pietre in oro? È vero che parla tutte le lingue del mondo? »

« Non so » rispose Bianca. « So di certo che si dedica a studi di alchimia. Io stessa ho visto i suoi alambicchi e ho letto le sue formule magiche. Usa i numeri degli arabi anche lui, come Fibonacci e come il re... Quanto alle lingue, parla benissimo il latino, l'arabo, l'ebraico, oltre naturalmente ai volgari d'Inghilterra, Francia, Sicilia, Spagna, Germania... Ma non credo che sia effetto di magia. È nato nell'Inghilterra del nord e mi ha raccontato di aver studiato matematica e fisica nelle università di Oxford, Parigi, Toledo. Girando il mondo le lingue s'imparano, sapete. Non c'è bisogno di essere un mago, per questo ».

A Melisenda il vecchio Michele interessava più della disputa sulle canzoni, così trascinò Bianca in un angolo tranquillo e continuò a tempestarla di domande. Sapeva che Michele aveva tradotto dall'arabo il libro di Aristotele sugli animali (Aristotele lo aveva scritto in greco, ma in Europa circolava solo la traduzione araba fatta dal saggio Avicenna) e voleva sapere qualcosa di più sulle ricerche scientifiche dell'alchimista che il re avrebbe voluto a corte.

Fu soddisfatta, perché anche Bianca ammirava il mago Michele ed era una miniera di aneddoti.

Dunque, una volta il mago era salito su un campanile e aveva eseguito dei calcoli per misurare la distanza tra il cielo e la terra, poi aveva comunicato il risultato all'imperatore. Questi, per fargli uno scherzo, di nascosto aveva fatto abbassare il campanile di qualche metro e poi lo aveva pregato di ripetere i calcoli davanti a lui. Michele aveva ubbidito, ma i conti non gli tornavano. Allora, capito lo scherzo, aveva esclamato: « O i cieli si sono allontanati o è sprofondata la terra! »

Aveva poi la strana mania di catturare uccelli e pesci vivi, di metter loro una targhetta di metallo e di rilasciarli liberi, per controllarne gli spostamenti e le abitudini.

Ma la sua passione più grande era riuscire a capire come funzionano l'animo umano e l'intelligenza. Poiché l'imperatore si vantava di non credere a niente che non fosse dimostrabile secondo la ragione o la natura, né lui né il mago prestavano fede alle parole degli antichi, ma eseguivano personalmente gli esperimenti più stravaganti, come quella volta che avevano fatto covare l'uovo di cuculo.

Un'altra volta a Federico era venuta la curiosità di sapere quale lingua parlerebbero gli uomini 'spontaneamente', se non ne venisse insegnata loro nessuna, e per controllarlo aveva ordinato che una dozzina di neonati fossero allevati nel più completo isolamento: venivano nutriti e riparati dal freddo, ma nessuno stava a lungo con loro, nessuno gli parlava. Il re non aveva scoperto la lingua originale del genere umano, ma aveva appreso che la compagnia è necessaria come l'aria o il cibo, perché tutti i bambini morirono – muti – entro i primi due anni d'età.

Un'altra volta ancora, per cercare di vedere come fosse fatta l'anima umana, avevano fatto chiudere in una botte un moribondo e avevano spiato se qualcosa uscisse dalle fessure al momento della morte. Poiché non ne era uscito niente, Federico aveva concluso: « L'anima non esiste ». Michele però gli aveva fatto osservare: « Il moribondo ha gridato e le grida sono uscite dalla botte, anche se noi non le abbiamo viste, perché il suono è invisibile. Può darsi quindi che anche l'anima esista, ma sia invisibile... »

Fra un racconto e l'altro, la festa finì e giunse l'ora di tornare a casa.

La famiglia Rufo recuperò in cucina Sibilla e i servi, si accommiatò dagli ospiti e montò in sella per dirigersi nella notte verso la fattoria.

Madonna Yvette cavalcava col cuore oppresso: era l'unica di tutta la famiglia a non aver riabbracciato Konrad, e forse era quella che lo amava di più. I racconti del marito e delle figlie non la tranquillizzavano affatto sulla sorte del suo paggio... Ma cosa poteva sperare? Che la crociata fosse rimandata ancora una volta e che Konrad tornasse a casa? Impossibile. Anche messer Rinaldo sarebbe dovuto partire, e lei sarebbe rimasta sola con le figlie, senza un uomo che le proteggesse. « Avessi almeno un figlio maschio! » sospirava.

Erano già a metà strada quando sentirono gli zoccoli di un cavallo che li inseguiva nella notte...

« I briganti! » strillò Costanza.

« Zitta, madonna paurosa! » la rimproverò Selima. « Cosa temete? Siamo in tanti e i servi sono armati. Chi oserebbe assalirci? E poi non sentite? Si tratta di un unico cavallo... »

Quando il cavaliere solitario raggiunse la comitiva, messer Rinaldo riconobbe con meraviglia il fabbro saraceno che aveva portato le armature al castello.

« Perché ci avete seguito sin qui, a quest'ora di notte? » gli chiese.

« Voglio comprare la vostra serva Selima » fu l'incredibile risposta del fabbro, che, per dimostrare la serietà delle sue intenzioni, fece anche tintinnare davanti al viso del falconiere una borsa piena di monete.

« E perché mai? » chiese meravigliata madonna Yvette. « Selima non fila, non tesse, non cura le bestie, non cucina... È solo un'ottima bambinaia. Che bisogno avete di una bambinaia...? »

« Non ho bisogno di una bambinaia qualsiasi. Ho bisogno di lei: è mia moglie! »

« È vero ciò che dice quest'uomo, Selima? »

« È vero, madonna. È mio marito. Nel primo anno di matrimonio ci presero i pirati di Guglielmo Porco. Nureddin aveva pochi mesi e per fortuna non mi fu tolto. Io fui venduta a un mercante che ci portò a Brindisi, dove messer Rinaldo mi acquistò per Sibilla. Mio marito invece fu venduto ai ribelli di Sicilia, combatté con loro e poi fu deportato a Lucera. Io lo credevo morto o comunque perduto per sempre. Ma lui si era procurato mie notizie e mi mandò dei messaggi segreti. Ci siamo incontrati oggi, per la prima volta dopo cinque anni! Vi prego, madonna Yvette, accettate da lui il prezzo della mia libertà. Restituitemi a mio marito! »

« Calma, ragazza » intervenne messer Rinaldo. « E come faremo noi con la piccola Alice e gli altri bambini che verranno? Sei una balia troppo esperta. Non possiamo privarci di te ».

« Non siate crudele, signore » supplicò il fabbro. « Non vogliate separare i membri di una stessa famiglia... »

« Il vostro non è un matrimonio cristiano » obiettò

messer Rufo, « quindi non vale. Convertitevi, battezzatevi e sposatevi davanti a un prete. Allora potremo riparlarne... »

« Questo no! » protestò Selima. « Allah è grande! »

« Signora madre, che v'importa del matrimonio? Lasciatela andare! » pregò sottovoce Costanza tirando il mantello della dama.

« Non posso, Selima. L'anno venturo ci sarà un altro bambino, forse un maschio, speriamo, e ho bisogno di te. Chiedi piuttosto al tuo uomo se vuole venire a lavorare alla nostra fattoria... »

« Sono un uomo dell'imperatore » ribatté il fabbro. « Non posso decidere per me. E in giugno parto anch'io per Outremer... »

« Allora rimandiamo ogni decisione al ritorno dalla crociata! » concluse allegramente messer Rinaldo. « Per stanotte potete venire a dormire a casa nostra. Così non vi separerete subito da Selima e dal bambino! »

Atabèk, così si chiamava il marito di Selima, si fermò alla fattoria per qualche giorno, sempre insistendo per poter riscattare subito la moglie e il figlio e portarli via. E sempre messer Rinaldo rispondeva: « Ne riparleremo al ritorno dalla crociata ».

Intanto Costanza, cui non era sfuggito il nome di Guglielmo Porco fatto da Selima, aveva interrogato a lungo il saraceno sulla sua prigionia in mano ai pirati, sperando di ottenere qualche notizia di Honfroi.

« Temo che dobbiate lasciare ogni speranza, madonna » aveva risposto infine Atabèk. « Era passato molto tempo, quando io fui preso da quei pirati, ma ancora raccontavano come le navi cariche di fanciulli incapparono in una terribile tempesta e affondarono al largo dell'isola di San Pietro, a sud-ovest della Sardegna... »

« Povera Alienor! » sospirò Melisenda. « E così quel fratello con cui parla in sogno, quell'Honfroi che spera sempre di rincontrare, si trova in fondo al mare da dodici anni. L'ha raggiunto, povero ragazzo, il suo Outremer! »

« Non ne siamo sicuri » insisteva Costanza. « Qualche naufrago può essersi salvato. Perché non Honfroi? »

« Siete sempre la stessa, sorella » la rimproverava Melisenda. « Vi tenete stretta alle vostre illusioni e non volete accettare la realtà ».

Melisenda però non teneva conto del fatto che, almeno per quel lato del carattere, Costanza le somigliava: erano entrambe testarde e la paziente tenacia che lei metteva nell'addestrare il falcone, la sorella la dedicava ai suoi progetti di partenza.

10

Dove Costanza chiede consigli al saraceno e Melisenda ha un colloquio notturno con sua madre.

Costanza aveva approfittato della presenza di Atabèk per mostrargli la vecchia armatura del nonno Tancredi e chiedergli dei consigli.

Il fabbro però aveva allargato le braccia: « Questo è un modello molto vecchio! » aveva esclamato. « Secondo me risale alla prima crociata... Chissà vostro nonno da chi l'aveva ricevuta! Non vedete che è fatta di piccole scaglie di ferro cucite insieme su una casacca di cuoio? Da allora l'arte di lavorare i metalli ha fatto molti progressi, e noi fabbri di Lucera, non lo dico per vantarmi, siamo in grado di trafilare il metallo e tessere maglie di ferro robuste, elastiche e resistenti come quelle che avete visto al castello. Questa non saprei proprio come aggiustarla... Neppure i pezzi di ricambio si trovano più... » Però, impietosito dalla delusione di Costanza, le aveva venduto un unguento per togliere la ruggine e lucidare le scaglie della vecchia armatura.

E, mentre Costanza fregava il metallo con tutta la sua energia e sognava le imprese più eroiche, la festa di San Giovanni si faceva sempre più vicina, ma nessuno, tranne lei, sembrava considerare imminente la partenza.

Era chiaro che questa non poteva più avvenire il 24 giugno, come era stato deciso, perché mancavano troppo pochi giorni e la grande macchina della guerra non si era ancora messa in movimento. Neppure Konrad e Guglielmo erano ancora stati ordinati cavalieri. I tre tedeschi non avevano fretta, e loro certo erano informati delle intenzioni dell'imperatore.

Quelli che, come madonna Yvette, non desideravano la partenza, evitavano di parlarne, sperando che – a non smuovere le acque – la tempesta ancora una volta si sarebbe ritirata prima di scoppiare. Dieci anni di rinvii li avevano abituati a non disperare. Quegli altri che invece volevano la crociata, si attaccavano a ogni sorta di pretesti per giustificare il ritardo, visto che un rinvio ufficiale non era stato proclamato, e aspettavano di giorno in giorno la chiamata del Papa e dell'imperatore.

Melisenda seguiva con occhio distaccato le ultime battute del dramma di Costanza. Era troppo occupata con Sparr, che diventava sempre più domestico, ma anche più esigente. Ormai il falco era abituato alla presenza degli uomini, anche degli sconosciuti, alla luce, ai rumori... Melisenda lo portava in giro con e senza cappuccio, ma sempre legato al polso con la longa. Era riuscita a tenergli lontani i reumatismi, ma non aveva potuto evitare che prendesse i pidocchi.

Re Danco, naturalmente, aveva una ricetta anche contro questi parassiti: una medicina a base di argento vivo, cenere, sputo d'uomo, grasso rancido di maiale, e, per unire, un filo di lana da legare attorno al collo dell'uccello. Melisenda aveva offerto questo unguento anche a Selima, che in quegli stessi giorni combatteva contro i pidocchi che Sibilla e Nureddin si erano presi da un santo pellegrino di passaggio alla fattoria. Selima restava fedele al suo metodo a base di semi di stafisagria, un'erba medica ottima anche per curare la rogna.

« Così con la stessa polvere si curano due malattie in

un solo colpo, nel caso la testa del vostro malato ne fosse afflitta» diceva saggiamente la bambinaia, e strofinava anche la testina pelata di Alice, perché sotto la cuffia non le venissero le croste.

Arrivò il giorno di San Giovanni e passò, con le solite feste nei campi e sulle piazze dei villaggi. Costanza non uscì la notte con le altre ragazze della città a legare fili di lana rossa ai gambi dei cardi per sognare l'innamorato, ma restò in camera a piangere fino all'alba. Però non moriva nel suo cuore la speranza di partire prima dell'autunno.

L'estate avanzava e arrivò il giorno in cui messer Rinaldo disse che Sparr era pronto per andare a caccia. Era abbastanza addomesticato, ormai, per essere sicuri che tornasse una volta sciolta la longa, e l'addestramento col logoro era stato sufficiente.

La prima uscita però doveva avvenire all'alba, nel silenzio e nella solitudine, perché niente disturbasse il suo battesimo d'aria e di libertà. «Perciò domattina ci alzeremo prima del sole, signora figlia, e andremo col vostro falco sulle colline».

Quella notte fu Melisenda a non dormire. Stava distesa nel letto con gli occhi aperti sul buio e nella sua testa passavano mille pensieri, quando sentì un passo leggero per le scale, la porta cigolò sul cardine e un filo di luce traboccò sul pavimento da una piccola lucerna.

Era madonna Yvette, già abbigliata per la notte, coi bei capelli sparsi sulle spalle e i gesti resi più lenti dal peso del bambino che sarebbe nato prima dell'inverno.

Posò la lucerna sulla panca e sedette sul letto, facendo scricchiolare le foglie secche di cui era imbottito il materasso estivo. «Nella vostra eccitazione per il falco vi siete scordata, cara figlia, che domani è il vostro compleanno. Sono passati dieci anni esatti da quel giorno in cui m'impediste di assistere all'incoronazione dell'imperatore, e, da allora, ci avete sempre costretti a fare la vostra volontà, me e il vostro signor padre. Ma non me ne lamento, perché la vostra volontà è buona e non vi mancano né senno né cortesia. Voglia il Signore continuare a guidare i vostri passi su sentieri di pace, perché solo nella pace le vostre qualità si potranno sviluppare, e solo la pace vi consentirà gli studi dei libri e della natura, per i quali dimostrate tanto desiderio... Rimanete quale siete, cara figlia; e non prendete esempio da vostra sorella, che nella sua mente esaltata accarezza pensieri di guerra e di morte! Ho indulgenza per Costanza, perché non conosce quello che desidera e sogna, perché non ha mai visto quanto è sporca di sangue la spada della gloria e s'illude che la guerra sia come una canzone di gesta ascoltata accanto al caminetto, o letta in un romanzo di Chrétien de Troyes... Non biasimatela, perciò, Melisenda, ma promettetemi di aver cura di lei se un giorno io non dovessi esserci più... »

« Non dite così, signora madre! » protestò Melisenda, con gli occhi già pieni di lacrime.

« Non interrompetemi, dolce figlia. Tutto può accadere. E io sarò molto più tranquilla se avrò la vostra promessa che veglierete su Costanza, su Sibilla, su Alice, su vostro padre e su quest'altra creatura che verrà. Siete la persona di maggior senno della casa, dopo che Alienor ha perso il suo e dopo che Konrad è partito... Avevo riposto tante speranze, su quel ragazzo... Amatelo sempre come un fratello, Melisenda, se mai la vita ve lo farà rincontrare... »

Ormai Melisenda piangeva a dirotto ma senza singhiozzi. Non avrebbe mai dimenticato quel colloquio e la voce di sua madre e la mano morbida posata sulle sue, che teneva congiunte sul petto sopra la coperta...

Quand'ecco il silenzio della notte fu rotto da uno scalpitio di zoccoli, da un nitrito... Il catenaccio del portone fu rimosso con fragore, la porta cigolò, passi affrettati salirono le scale e una voce eccitata echeggiò fra le mura chiedendo di madonna Yvette. « Dov'è la mia dama? »

« Konrad! » esclamò Melisenda drizzandosi a sedere sul letto.

11

Dove Konrad porta le ultime novità sulla crociata e Melisenda va per la prima volta a caccia col falcone.

Era proprio Konrad, coperto di polvere e vestito di una semplice tunica grigia. Del suo apprendistato di cavaliere non restavano che i capelli tagliati corti sul collo e una robusta magrezza.

« Sono partiti! » esclamò felice. « I tre Cavalieri Teutonici sono tornati in Germania! » e si gettò sulla panca affranto di stanchezza e di sollievo. Ci misero un poco a capire com'erano andate le cose, perché il ragazzo, nel suo affanno, ingarbugliava il discorso. Intanto era accorsa tutta la famiglia e servi e padroni si stipavano nella piccola stanza ad ascoltare. Solo Costanza restava fuori della porta nel corridoio buio, colta da un triste presentimento.

Il succo del racconto di Konrad era il seguente: dal mese di marzo, Di Salza aveva capito che non c'erano abbastanza uomini per una nuova crociata, e in aprile era andato lui stesso a dirlo al Papa, per evitare che pensasse a una nuova scusa dell'imperatore. Durante tutti gli ultimi mesi erano continuate le trattative fra il regno e la Chiesa, e finalmente il Papa aveva dovuto cedere. Non aveva liberato l'imperatore dall'obbligo di fare la crociata, ma gli aveva concesso un altro rinvio di due anni. E qualche giorno prima, nella chiesa di Cassino, alla presenza di due cardinali, re Federico aveva giurato sulla propria anima che avrebbe iniziato la crociata entro l'estate del 1227. Altrimenti sarebbe stato colpito da scomunica. A questo punto i tre Cavalieri Teutonici avevano pensato bene di tornarsene in patria, affidando l'addestramento dei due giovani al maestro d'armi del barone, che in due anni poteva fare le cose con calma e secondo le normali procedure.

Madonna Yvette abbracciò commossa il marito. « Ancora due anni di pace » disse. « Farete in tempo a conoscere il nuovo bambino. E questa volta sono certa che vi darò finalmente un figlio maschio! »

Ma Costanza piangeva dietro la porta, e Konrad, che era uno scudiero generoso, andò a consolarla. « Non disperatevi » le disse, « partiremo. Tra due anni, quando sarete più grande e più robusta... e avrò avuto il tempo di insegnarvi tutto quello che un cavaliere deve sapere... »

« Fra due anni ci sarà un altro rinvio » singhiozzava Costanza, « e poi un altro ancora... È tutta la vita che sento dire 'fra due anni'! Non ci andremo mai, in Outremer... O, se ci andremo, avrò ormai i capelli bianchi e sarò buona solo per acchiappare pulci e pidocchi! »

« Ma no, vi assicuro. Stavolta ci andremo per davvero. L'imperatore non può rischiare la scomunica. Tutti i baroni e gli altri vassalli sarebbero sciolti da ogni obbligo verso di lui, in questo caso. E poi il Papa ha preteso una garanzia in denaro. Il re ha accettato di versare in cinque rate come fondo spesa per la crociata centomila once d'oro che saranno amministrate dal Gran Maestro dei Cavalieri Teutonici... Verranno restituite al re solo fra due anni, quando avrà messo piede a Gerusalemme, ma, se troverà delle altre scuse per non partire, resteranno al Papa, che le userà per finanziare un'altra crociata senza di lui. State allegra, Costanza! Questa volta il re fa sul serio. Il tempo gli serve per organizzarsi, per trovare il denaro. Una crociata costa, sapete, e re Federico si è impegnato a trasportare e mantenere a sue spese in Outremer, per due anni, mille cavalieri, e di pagare una multa di cinquanta marchi d'argento per chiunque si ritiri improvvisamente... Poi deve fornire cento galee e cinquanta navi da trasporto sempre in assetto di guerra e a disposizione dei crociati... Deve pagare il trasporto di altri duemila cavalieri, ciascuno con tre cavalli e un seguito... »

« Speriamo che il bottino ripaghi a usura queste spese! » esclamò Folchetto, che si era avvicinato ad ascoltare.

« Ma intanto dove li troverà i soldi, l'imperatore? » commentò un altro servo. « Tasse e ancora tasse! E saranno i contadini, come al solito, a pagare le avventure dei cavalieri... »

« Tacete, stolto! » lo sgridò Costanza, sfogando su di lui tutta la rabbia della delusione. « Non c'è sofferenza maggiore per il popolo cristiano che sapere il Santo Sepolcro in mano agli infedeli, e nessun sacrificio che non valga la sua liberazione! »

« Tornate a letto, gente » ammonì madonna Yvette, « e che il Signore ci protegga tutti ».

La notte era già avanzata e Melisenda, agitata da tante novità, continuò a vegliare, rimuginando il discorso di sua madre, il racconto di Konrad, le istruzioni del re Danco per la prima uscita di un falcone...

Era ancora buio quando suo padre bussò alla porta per avvertirla che era tempo di uscire.

Galopparono in silenzio per la campagna, orientandosi nell'oscurità con le sagome familiari degli alberi e delle colline. Dal suolo saliva una nebbia leggera, bassa, che si sarebbe sciolta al caldo del sole, ma intanto sembrava che i cavalli nuotassero in un mare di latte.

Molto lontano risuonò il corno di un cacciatore.

Dall'altra parte rispose un muggito.

Sparr si agitava inquieto sul polso di Melisenda anche a questi suoni soffocati, e lo dovettero calmare con tenere parole.

Quando arrivarono sulla collina, la nebbia si era sciolta e i raggi del sole si rovesciavano sulla campagna inondandola di un mare di luce. L'erba era secca e nei campi di grano non restavano che le stoppie ingiallite.

« Ci saranno pernici, tra quei solchi » sussurrò messer Rinaldo, « togliete il cappuccio al falcone ».

Melisenda ubbidì. Sparr sbatté le palpebre accecato per un attimo dalla luce, barcollò, si bilanciò sul guanto battendo le ali. Ancora non sapeva di non esser legato con la longa.

Poi, d'improvviso, fra le stoppie, ci fu un frullare di ali e una pernice si levò alta nel cielo. Sparr la sentì, la vide, spiccò il volo e salì in alto, sempre più in alto, incredulo che nessun laccio lo trattenesse.

Melisenda sentì il cuore batterle all'impazzata, il respiro che le mancava. E se il falco fosse scomparso nell'azzurro per non tornare mai più?

Fu questione di un attimo, pochi secondi soltanto, poi, giunto al culmine del suo volo, il rapace si lanciò in picchiata sulla pernice. Si sentì uno strido, penne e sangue schizzarono intorno e Sparr tornò a posarsi sul polso di Melisenda offrendole la preda ancora calda e palpitante.

« Su, prendetela! Non fate quella faccia. Vedete che

il vostro falco aspetta il boccone migliore. Dateglielo: se lo è guadagnato. Perché piangete, adesso? Questa è la caccia, Melisenda. Volevate continuare ad allevarlo a ricotta e uova cotte nel latte? Forza, andiamo verso quei cespugli, solleviamo un altro volo. È un buon cacciatore, il vostro. Torneremo a casa col carniere pieno».

Cacciarono tutta la mattina e, superato il primo momento di pietà per la preda, Melisenda ci prese gusto e non avrebbe voluto smettere mai. Ma verso mezzogiorno il falco era sazio e stanco, e non accennava a muoversi più dal guanto.

Si diressero verso casa pregustando per quella sera un buon pasticcio di selvaggina e sul cancello incontrarono Alienor, che usciva portando al braccio un canestro coperto da un panno, forse per raccogliere erbe, o fiori di mirto per madonna Yvette...

«Guarda, che buon cacciatore!» esclamò Melisenda tutta orgogliosa, togliendo il cappuccio al falco perché Alienor potesse ammirare gli occhi grifagni...

«E voi guardate!» rispose Alienor sollevando il panno dal suo cestino.

Fu questione d'un attimo. Messer Rinaldo gridò: «Melisenda, il cappuccio!» ma troppo tardi.

Dal cesto si era levato in volo un uccello, una delle colombe bianche di Costanza, e Sparr si era alzato e le era piombato addosso. Un battito d'ali, uno strido, un turbinio di penne bianche...

«Il mio amore! La mia colombella immacolata! Doveva guidarmi a cercare il mio fratellino... Honfroi, Honfroi, non potrò più ritrovarti, adesso. Ti ho perduto per sempre, Honfroi!» piangeva Alienor.

«Non dovete mai togliergli il cappuccio quando non è legato con la longa! Quante volte ve l'ho detto!»

diceva arrabbiato messer Rinaldo. « Questo incidente vi serva di lezione ».

Ma il falcone, tutto fiero, offriva alla padroncina la preda insanguinata, aspettando per sé il boccone migliore.

PARTE QUARTA

1227 - Costanza va alla crociata

1

Dove siamo informati di molti cambiamenti e Melisenda si dedica a un'attività che non avrebbe mai previsto.

Quando Melisenda si svegliò era buio pesto. Doveva essere ancora notte fonda, perché in luglio il sole sorge prestissimo e si annuncia con un chiarore che velocemente cresce e s'infiltra nelle stanze tra le fessure delle finestre.

Melisenda però non poteva più dormire: le scarse ore di sonno erano bastate a ingannare per un poco la grande stanchezza nella quale trascorrevano i suoi giorni da ormai più di un anno. Ora il peso delle preoccupazioni si riaffacciava alla soglia della sua mente, rendendola lucida e vigile come se avesse goduto di un vero riposo.

Quel giorno però non si alzò immediatamente per scendere in cucina, ma indugiò un poco nel letto a pensare, ricordando all'improvviso che era il suo dodicesimo compleanno.

Era grande, ormai, quasi in età da marito, ma sapeva che messer Rinaldo non l'avrebbe fidanzata a nessuno perché, dopo la morte di madonna Yvette, era lei che doveva occuparsi della casa. Costanza, sebbene fosse la maggiore, doveva tener fede all'impegno già preso e sarebbe quindi partita per Palermo appena il suo fidanzato avesse raggiunto l'età delle nozze.

Ora non era più tempo di feste, e nessuno era salito da Melisenda, alla vigilia, per augurarle un felice futuro. All'alba non sarebbe andata con Sparr sulle colline, né ci sarebbe stato scapece per il pranzo...

Madonna Yvette non era morta bruciata come eretica, come tante volte le era stato predetto più o meno scherzosamente dai familiari. Il Signore non aveva ritenuto necessario riconoscerla come sua tra le fiamme di un rogo. Era morta molto più banalmente, come molte madri, nel mettere alla luce la sua quinta bambina, Violante, e aveva fatto anche in tempo a vedere che era un'altra femmina e a dispiacersi per non aver saputo dare un erede al marito.

Costanza non sapeva rassegnarsi a questa morte e ancora rifiutava di guardare la bambina che ne era stata la causa innocente. Ma Melisenda si era preoccupata di chiamare un'altra donna di Lucera, una giovane filatrice di seta, che allattava Violante e la curava sotto la sorveglianza di Selima. I sonni della piccina non erano cullati dal Saladino né da Rericcardo, ma da una canzone che diceva:

« Questa seta che filiamo,
che filiamo a tutte l'ore
non è fatta per vestire
questa nostra nudità... »

Messer Rinaldo in quel tempo era in Sicilia, a corte, e quando la notizia lo aveva raggiunto era quasi impazzito di dolore. Dalle figlie era tornato un uomo diverso, sempre attento alle necessità della famiglia e alla cura dei falchi, ma assente, come perduto dietro un pensiero che lui solo sapeva.

Giù a Palermo un cortigiano, un certo Giacomino Pugliese, che si dilettava di poesia, aveva cercato di calmare il suo dolore con una canzone e, quando si credeva solo, messer Rinaldo la cantava accompagnandosi col liuto della moglie.

A Melisenda venivano i brividi tutte le volte che la

sentiva perché i versi rispecchiavano così bene quella che era stata sua madre per lui, e la enorme solitudine in cui lo aveva lasciato...

« Solea aver sollazzo, e gioco e riso
più che null'altro cavalier che sia:
or n'è gita madonna in Paradiso,
portòne la dolce speranza mia ».

Cantava, messer Rinaldo, e il fantasma di madonna Yvette tornava ad attraversare le stanze col suo passo leggero, gli occhi sorridenti sotto la bianca fronte, la dolce bocca da cui non erano uscite altro che parole gentili...

« Ov'è madonna, e lo suo insegnamento,
la sua bellezza e la gran canoscianza,
lo dolze riso e lo bel parlamento,
gli occhi, la bocca e la bella sembianza,
e lo suo adornamento e cortesia? »

Alice e Sibilla seguivano le tracce della madre nei suoi appartamenti: vestiti che aveva indossato, unguenti, libri, un piccolo flauto d'avorio, due pianelle consumate... cercavano di ritrovare il suo odore fra le cortine di zendado del letto...

Messer Rinaldo si era trasferito nella torretta dei falchi e in quelle stanze non metteva più piede.

« Membro e ricordo quand'era commeco
sovente mi diceva 'dolze amico'
ed or nol face.
Poi Dio la prese e menolla con seco.
La sua vertude sia, bella, con teco
e la sua pace ».

Anche lui si era messo a sognare Outremer come Costanza, sperando di dimenticare il suo dolore nei luoghi santi, e non aspettava che l'ordine della partenza.

Così, da un giorno all'altro, la casa organizzata e serena era caduta in un triste disordine. Anche nel giardino quell'inverno molti alberi si erano seccati. (Ma con l'estate il gelsomino spagnolo era tornato a fiorire rigoglioso sotto la finestra della dama). Konrad era tornato al castello per completare il suo apprendistato. Da donzello era diventato scudiero e poi era stato ordinato cavaliere dal barone, mentre messer Guglielmo aveva ricevuto l'investitura dal Grande Maestro dei Cavalieri Teutonici. Era stata una bella cerimonia, ma nessuno della famiglia Rufo vi aveva partecipato, e ora Konrad si faceva vedere molto raramente, tutto preso dai preparativi della partenza.

Perché si partiva, finalmente!

Re Federico e i suoi cavalieri cristiani salpavano per Outremer a conquistare il Santo Sepolcro.

Col denaro delle tasse si erano trovati anche gli uomini. In Germania, Di Salza aveva arruolato ben settecento cavalieri, e a questi si erano uniti il valoroso duca Enrico di Limburgo e il margravio di Turingia. Quattrocento cavalieri li dovevano mandare i comuni lombardi, e altri soldati e pellegrini arrivavano spontaneamente da tutte le parti dei regni cristiani, affollando le strade della Puglia, diretti ai punti di imbarco per Outremer.

Il mondo intorno alla fattoria sembrava sconvolto. I sentieri dove di solito si percorrevano chilometri senza incontrare un pastore, ora brulicavano della gente più strana. Al castello bussavano ogni notte pellegrini e viaggiatori d'ogni ceto, tutti con la croce di stoffa rossa cucita sul pettorale del vestito, e avrebbero chiesto asilo anche alla fattoria, se messer Rinaldo non avesse fatto chiudere il cancello in segno di lutto.

« Non è giusto! » aveva protestato Costanza. « Nostra madre li avrebbe accolti. Amava i pellegrini, e sapeva che a nessuno si deve negare l'ospitalità... »

Ma la casa era già abbastanza in sfacelo senza che ci si mettessero i pellegrini. Costanza era brava, a parlare, ma era Melisenda che doveva occuparsi di tutto.

Quando madonna Yvette era viva, sembrava che la casa andasse avanti da sola, tanta era la grazia leggera con cui la dama faceva ogni cosa. La sua giornata sembrava un gioco continuo, una danza armoniosa, e intorno a lei danzavano i servi, compiendo senza sforzo ciascuno il suo compito.

Ma quando Melisenda, visto che nessun altro lo faceva, prese la casa sulle sue spalle, rischiò di rimanerne schiacciata, anche se poteva contare sull'aiuto di Selima e su quello di Alienor, che nella disgrazia sembrava aver recuperato parte del suo senno.

Dal momento in cui metteva i piedi giù dal letto a quando tornava a crollarvi esausta la sera, Melisenda non aveva un attimo di tregua. Bisognava occuparsi di tutto: ogni necessità della famiglia doveva essere soddisfatta all'interno della casa. Occorreva preoccuparsi dei pasti quotidiani e sorvegliare i servi che lavoravano gli orti e che andavano a comprare al mercato e le serve che curavano le bestie di casa. Bisognava seguire il lavoro del cuoco e delle sguattere e controllare che gli avanzi della mensa fossero divisi equamente fra i maiali della fattoria e i mendicanti. Bisognava tenere le dispense sempre fornite di provviste: ordinare per tempo le spezie ai mercanti, salare le carni per l'inverno, sovrintendere alla mungitura e alla preparazione del burro e del formaggio. Rinnovare le scorte di grano e legumi per l'eventualità di una carestia... Una volta all'anno sorvegliare la vendemmia e la spremitura delle olive. Occorreva dare ordini ai giardinieri e agli stallieri e controllare che ognuno compisse il suo lavoro e che fosse ben vestito e nutrito, ma che non si attardasse troppo a tavola, non si ubriacasse e non venisse alle mani. E bisognava pensare agli abiti e alla biancheria: controllare le serve che filavano il lino e la lana, quelle che tessevano, quelle che tagliavano e cucivano i vestiti. Bisognava contrattare con i mercanti le stoffe preziose e le pellicce per bordare i mantelli e i cappucci...

Selima aveva preteso per Alice un abito di quella stoffa leggera chiamata cotone di Mossul o mussola, arrivata da poco da Outremer, e per Sibilla un mantello col cappuccio di pelliccia che le stava a meraviglia.

Occorreva badare all'educazione delle bambine, controllare che Giovanni da Bologna desse loro delle vere lezioni e non sonnecchiasse mezzo ubriaco tutta la giornata. E che le donne insegnassero loro a tessere e a filare e ad attendere agli altri lavori femminili.

Bisognava guardare ogni tanto come cresceva Violante, se aveva le croste del latte sulla testa, o i vermi, o altre malattie infantili. Fatima, la sua balia, era una ragazza molto attenta, ma Melisenda si sentiva legata alla promessa fatta a sua madre quella notte, tanto più che nessun altro in famiglia sembrava far caso alla piccina.

Fra tanti impegni non avrebbe proprio avuto il tempo per andare a caccia con Sparr, ma si era accorta che questa era l'unica occupazione che distraeva il padre dalla sua tristezza e quindi ogni tanto rubava una mattina al governo della casa e andava sulle colline con messer Rinaldo e i falconi.

Ma sentiva ormai di essere al limite delle proprie forze. Sperava che capitasse qualcosa, un miracolo, a cambiare la situazione... Anche lei, incredibile a dirsi, aspettava la crociata. Chissà, forse messer Rinaldo sarebbe partito con tutti i servi e avrebbe chiuso la fattoria fino al ritorno da Outremer, ricoverando le donne e le bambine nel convento di Canosa; Melisenda sarebbe potuta andare dalla badessa e dirle con fiducioso abbandono: « Adesso pensateci voi! » e poi non fare altro che dormire e sognare sua madre e il tempo in cui la vita non era così pesante. Ma arrivò un messo dell'imperatore con un ordine sigillato. Messer Rinaldo non doveva partire: doveva restare in Puglia a custodire i falconi imperiali che sarebbero stati radunati nella sua fattoria da tutti i castelli e palazzi del regno di Sicilia. Coi falconi arrivarono altri servi, altri giovani falconieri, scudieri, garzoni di stalla... E bisognò procurarsi altra paglia per farli dormire e a mensa, al mattino e alla sera, bisognò apparecchiare posti nuovi.

Al convento era andata solo Costanza, rinchiusa da suo padre fino al ritorno dei cavalieri dalla Crociata, per paura che mettesse in atto la sua fissazione infantile. Era partita in lacrime con Alienor, ma anche lei sembrava rassegnata al suo destino.

Con la scomparsa di madonna Yvette ogni fuoco di vita pareva spento in ciascun membro della famiglia Rufo.

2

Dove i lettori fanno la conoscenza di un nuovo personaggio misterioso e reticente.

Lungo la strada che da Gravina porta ad Altamura avanzava un drappello di cavalieri tedeschi col loro seguito.

Erano in tenuta leggera da viaggio ma si capiva che erano diretti alla crociata perché i muli erano carichi delle pesanti armature e delle armi e, soprattutto, perché sul loro petto spiccava la grande croce rossa. Gli scudieri conducevano, tenendoli per il morso e per le briglie, i grandi cavalli da combattimento, i robusti destrieri dagli zoccoli di ferro tagliente, e i palafreni, belle cavalcature da parata.

Ogni cavaliere aveva tre cavalli da combattimento e due palafreni, oltre ai muli da carico e alle cavalcature dei servitori. Andavano al passo, ancora increduli del lungo, luminosissimo crepuscolo pugliese e infastiditi dalla calca dei pellegrini che ingombravano la strada. Era una folla eterogenea che si riversava dalle campagne in direzione di Brindisi: carri di contadini benestanti carichi della famigliola e delle masserizie (comprese le gabbie piene di galline vive e starnazzanti), straccioni scalzi o coi piedi avvolti in luridi cenci, pellegrini con bastone e bisaccia, frati mendicanti e grassi preti ben vestiti montati su muli robusti. Mercanti coi servi e le casse della merce, soldati di ventura, viaggiatori solitari e comitive di amici, gente di tutte le età: donne, vecchi, bambini... tutti accomunati dalla croce rossa sul petto.

Pareva che tutta l'Italia, anzi tutta l'Europa si stesse svuotando attraverso quella strada per riversarsi nel grande Oltremare sconosciuto, ricco di promesse di avventure e di guadagni.

Tra la folla c'era anche un guerriero appiedato, un cavaliere senza cavallo, che portava addosso tutto il suo equipaggiamento e sudava come una fontana. Sotto un denso strato di sudiciume il suo viso appariva giovane e la zazzera che sfuggiva dall'elmo era biondo chiaro.

« Ehi, messere! » gridò il capo del drappello tedesco. « Approfittate di una delle nostre cavalcature. Viaggiate con noi, se è a Brindisi che siete diretto, e raccontateci quale sventura vi ha privato del vostro cavallo e dello scudiero! »

Aveva parlato nel volgare di Germania, e nella stessa lingua rispose il cavaliere sconosciuto. « Grazie, signore, ma non posso accettare la vostra offerta. Ditemi piuttosto, avete visto delle monache, nei paraggi? »

I cavalieri tedeschi si scambiarono sguardi d'intesa. Il ragazzo non doveva avere la testa a posto. D'altronde bastava guardare la sua armatura, vecchia e malamente rattoppata, di una foggia che si usava anni prima, e l'accozzaglia di oggetti che portava legati sulla schiena insieme alle armi. Ma come aveva fatto ad arrivare a piedi dalla Germania, e conciato a quel modo?

Una baruffa tra mendicanti fece ondeggiare la folla dei viaggiatori appiedati e allontanò lo strano sconosciuto dai cavalieri tedeschi.

Ma il ragazzo non era tranquillo e, per evitare che gli facessero altre domande, appena trovò un sentiero lasciò la strada maestra e prese per i campi.

Cercava di seguire la stessa direzione, scavalcando muretti e guadando fossi e ruscelli, ma non poté fare a meno di addentrarsi nella boscaglia e, quando fu nel folto degli alberi, lontano da ogni rumore, si accorse che anche la luce del giorno stava svanendo. Fra un poco sarebbe stato impossibile andare avanti senza inciampare a ogni passo, e inoltre al buio rischiava di tornare verso la direzione da cui era venuto.

Non restava altro che accettare la situazione con filosofia e accamparsi per la notte. L'aria era tiepida e si era levato un venticello leggero. Il cavaliere si sfilò con sollievo l'armatura e l'àketon imbottito, asciugandosi il sudore, stirando le membra e grattandosi dappertutto...

Mentre era intento a questa gradevole operazione, una voce alle sue spalle lo fece trasalire. « Perché volete esporvi ai pericoli di un riposo così solitario, cavaliere? A un solo miglio da qui c'è un convento che ospita per amore di Cristo i pellegrini crociati. Perché anche voi andate alla crociata, suppongo... »

Era un omaccione grande e grosso, con una barba ispida e una casacca da cacciatore.

« Sì. Vado a imbarcarmi per Outremer » rispose il ragazzo, « ma non voglio alloggiare a nessun costo in convento. Preferisco dormire qui ».

« Per quale motivo ce l'avete con i frati? » chiese l'uomo. E aggiunse senza aspettare la risposta: « Comunque non sono affari miei. Però dieci minuti più avanti c'è una locanda, dove per pochi tarì vi faranno dormire nel fienile... Venite con me, che conosco la strada... »

Sembrava una proposta ragionevole, e il giovane cavaliere raccolse armi e bagagli e s'incamminò con lo sconosciuto.

Avanzavano nel cuore del bosco e il buio era sempre più fitto. Il ragazzo inciampava continuamente con un gran frastuono di ferraglia e l'uomo, ridendo, lo acciuffava al volo per impedirgli di cadere. Era allegro e cordiale e tempestava di domande il compagno di viaggio.

Il ragazzo disse di chiamarsi Berardo e di essere diretto a Brindisi per raggiungere suo padre che lo aspettava al porto con i cavalli.

« Dunque tutta la famiglia va in Outremer! » commentò l'uomo. « E voi intanto viaggiate da solo, ragazzo, e scommetto che avete una bella saccoccia di monete, sotto la tunica... »

« Ho solo pochi tarì » disse Berardo insospettito, poi chiese cercando di cambiare argomento: « Ma voi, messere, per quale motivo siete in viaggio? ».

« Perché sono un assassino » rispose l'uomo, e in quel momento un raggio di luna penetrò fra i rami degli alberi e fece scintillare un grosso coltello da caccia che portava alla cintura.

Berardo deglutì, dandosi mentalmente dell'idiota. Si era messo davvero in una buona compagnia! Ma era troppo tardi per fuggire. Il luogo era deserto e l'uomo l'avrebbe riacchiappato in un attimo.

« Prendetevi tutto quello che ho addosso e lasciatemi salva la vita! » supplicò cadendo in ginocchio e augurandosi che il suo misero bagaglio soddisfacesse l'avidità del malvivente. Il quale gli rispose con una risata.

« Di cosa temete, cavaliere! Siete davvero giovane e inesperto del mondo! Ho ucciso una sola volta e non certo per impossessarmi di quattro stracci come i vostri. Ho ammazzato il figlio del mio signore, durante una rissa, perché era prepotente e malvagio e perseguitava i contadini e i mercanti. Voi sapete che c'è la pena di morte, per un delitto come il mio, ma, vedete, il popolo mi considera il suo difensore, e inoltre mio fratello ha un banco di cambio e presta denaro al signore del castello, che senza il suo aiuto continuo non riuscirebbe a sostenere tutte le spese che il suo rango gli impone... La mia morte quindi avrebbe procurato ai baroni più guai che la soddisfazione di una giusta vendetta... Così il vescovo ha interceduto per me, chiedendo che potessi espiare in vita il mio peccato, e la pena di morte mi è stata tramutata in esilio da trascorrere in Terrasanta. Guardate! » E, spalancandosi la giubba di cuoio, mostrò al ragazzo un cilicio di ferro che gli cingeva la vita a contatto con la pelle. « Dovrò andare in Outremer a mie spese e restarvi finché il ferro si consumi e un anello della catena si spezzi da solo... Non ci vorranno più di sette anni, mi ha assicurato il fabbro, che è mio amico e mi ha fatto un lavoro di riguardo. E mio fratello, per risparmiare sulle spese, mi ha consigliato di approfittare della crociata... »

« Ci imbarcheremo insieme, quindi » disse Berardo, tranquillizzato dalla spiegazione.

« Sì, messere, e spero che ci faremo buona compagnia! Ma ora riprendete le vostre cose e sbrighiamoci, ché siamo quasi arrivati e non vedo l'ora di mettere qualcosa nello stomaco! »

3

Dove incontriamo, alla locanda, i tipi più vari di crociati.

Arrivati alla locanda depositarono i bagagli nel fienile – dando un soldo a un ragazzino stracciato perché li custodisse – e andarono subito a sedersi alla tavola comune, apparecchiata sotto la tettoia dei cavalli sul retro dell'edificio.

Nonostante l'ora tarda, il luogo era pieno di gente e l'oste con la moglie, i figli e i garzoni andavano avanti e indietro dalla cucina portando vino, birra e nuove vivande... In tutta la loro vita non avevano mai avuto tanti avventori come in quell'ultimo mese. « Ci vorrebbe una crociata tutti gli anni » diceva l'ostessa soppesando la borsa di pelle gonfia di monete.

E sì che i loro ospiti non erano fra i viaggiatori più ricchi. I nobili infatti, col salvacondotto dell'imperatore, alloggiavano gratuitamente nei più vicini castelli e i poveracci si affidavano alla carità dei conventi.

Fra gli avventori della locanda c'era un anziano pellegrino che, quando i due nuovi arrivati presero posto, stava intrattenendo la comitiva col racconto dei suoi vagabondaggi. Aveva la bisaccia rigonfia di elemosine e un robusto bastone col manico ricurvo e il puntale rinforzato di ferro.

Ma quello che colpì maggiormente Berardo fu la sua tonaca munita di cappuccio, della quale quasi non si riusciva a vedere la stoffa, tanto era ricoperta di immagini sacre, medaglie, conchiglie, santini, ricordini d'ogni tipo.

« Sono la prova che ha visitato davvero tutti i santuari di cui parla » spiegò sottovoce l'assassino.

Quello che disturbava il pellegrino era che al suo corredo di ricordini mancava il ramo di palma, a testimoniare un pellegrinaggio a Gerusalemme. E, per rimediare alla mancanza, adesso era diretto in Outremer con i crociati. Aveva un che di ambiguo e di ciarlatanesco che insospettiva Berardo, ma l'assassino sembrava divertirsi a stuzzicarlo e arrivò a fargli una ricca elemosina e a invitarlo a dividere il fienile con loro.

Quando si ritirarono per dormire, il fieno era già occupato da due uomini che, alla vista del pellegrino, avvolsero prudentemente nel mantello i loro fagotti e se li misero come cuscino sotto il capo. Però accettarono il vino che l'assassino si era portato dietro in una brocca e dissero che anche loro andavano a Brindisi con la speranza d'imbarcarsi. Se i nuovi arrivati volevano, si poteva fare la strada insieme.

Berardo volle sapere chi fossero e quali grazie sperassero dalla liberazione del Santo Sepolcro.

« La libertà e la vita » rispose il più anziano dei due uomini. « Se restassimo qui in Puglia dovremmo rinunciare a entrambe. Vedete, siamo due fratelli, servi della gleba entrambi. Appartenevamo al barone di Minervino. Costui, per equipaggiare suo figlio, il cavaliere Guglielmo, secondo il suo rango e il suo valore, ha dovuto vendere noi e il nostro campo a un ricco mercante, che pretende tutto il raccolto, oltre a continue corvée, così che non ci resta niente per sfamare noi e i bambini. Questo mio fratello lo scorso inverno cacciò un cinghiale nel bosco del barone... Sapete che solo i nobili possono andare a caccia e che il bracconaggio è punito con la morte. Era bracconiere anche prima, a dire il vero, se no come sfamava la famiglia? Ma quella volta fu preso e condannato... Per fortuna proprio in quei giorni re Federico bandì la crociata, e così abbiamo messo le mogli e i bambini sotto la protezione della Chiesa e, indossando la croce, abbiamo ottenuto la vita e la libertà... E che il mercante se lo coltivi lui il campo, adesso! I figli, quando saranno più grandi, andranno a bottega in città per diventare artigiani, così mi ha promesso l'abate, e noi ce ne andiamo in Outremer! »

« Io spero » aggiunse l'altro, « che oltre alla vita e alla libertà troveremo laggiù anche un po' di fortuna. Sì, dico, un po' di denaro per vivere in pace... »

« Purché non finiamo in pasto ai pesci durante la traversata, o sventrati dalla lancia di qualche cane infedele! » concluse filosoficamente il fratello.

« Ma ditemi » chiese allora il pellegrino, « voi che abitate nelle terre del barone, è vero quello che si dice del falconiere del re, di messer Rufo? È vero che ha messo in ceppi il suo figlio maggiore per impedirgli di andare in Terrasanta? »

« Non ha un figlio maggiore! Voi vi riferite a sua figlia, madonna Costanza, che è stata chiusa in convento a Canosa perché non possa partire. Voi ce la mandereste una ragazza di quindici anni, e bella per giunta, da sola in Outremer? »

« È davvero così bella? Voi l'avete vista? »

« L'ho vista, sì. Sua sorella, madonna Melisenda, da bambina andava a caccia di nidi con mio figlio Guglielmo. La rossina è un tipo grazioso, ma la grande, la bionda, è una vera bellezza. L'ho vista in chiesa l'anno scorso e mi ha talmente colpito che la riconoscerei dovunque... »

« Smettetela con queste chiacchiere di paese! » sbuffò l'assassino. « Dormiamo! Bisogna alzarsi presto, domattina, che la strada è lunga e si viaggia meglio col fresco. Faremo la strada insieme, allora, intesi? »

« Intesi » risposero i due fratelli.

Dopo dieci minuti russavano tutti quanti, meno Berardo, che si rigirò sulla paglia tutta la notte e, appena vide dalla finestra il primo bagliore dell'alba, sgattaiolò fuori portandosi dietro il suo bagaglio e cercando di non far rumore. In punta di piedi girò attorno al fienile, ma, giunto davanti alla locanda, si arrestò stizzito perché vide che il pellegrino era stato più mattiniero di lui e ora non poteva più sperare di andarsene di nascosto.

Una seconda occhiata gli fece cambiare idea. Il pellegrino era intento a una strana occupazione. Davanti alla porta della locanda sedeva un cieco, cui la padrona, tornando dalla stalla, aveva versato nella ciotola un po' di latte appena munto. Confondendo i propri passi col rumore delle bestie e con l'andirivieni della donna e dei bambini dentro casa, il pellegrino si era avvicinato furtivamente al cieco e aveva immerso una cannuccia di paglia nella ciotola.

Quando incrociò lo sguardo di Berardo, stava aspirando silenziosamente il latte, mentre il cieco ignaro carezzava un gatto che gli si strusciava contro le gambe. Il pellegrino fece un gesto con la mano per chiedere silenzio, gli occhi maliziosi scintillanti di complicità.

Combattuto fra il desiderio di smascherarlo e la necessità di svignarsela, Berardo abbozzò un vago gesto di risposta, poi girò sui tacchi e si slanciò di corsa verso il bosco. Si fermò soltanto quando fu ben lontano da ogni luogo abitato e fu sicuro che i compagni di viaggio non potevano raggiungerlo. Ma a quel punto, cercando invano di orientarsi col sole per ritrovare la strada, si rese conto di essersi perduto.

4

Dove Berardo cambia nome e trova uno scudiero.

Era l'alba e, nonostante la stagione estiva, una nebbia leggera avvolgeva i tronchi degli alberi, nascondeva i sentieri e fluttuava nelle radure circondando da ogni parte il giovane Berardo in un'atmosfera di incantesimo leggiadro e crudele.

Il ragazzo era esausto. Erano ormai tre giorni che vagava nel bosco senza incontrare anima viva, sempre più lontano dai sentieri battuti, senza trovare alcun segno che gli permettesse di orientarsi e ritrovare la strada.

Si era cibato di erba e di bacche selvatiche. Aveva spaccato delle pigne cadute per raccoglierne i pinoli e la sua tunica era appiccicosa di resina profumata; aveva bevuto alle rare sorgenti raccogliendo l'acqua fresca nell'elmo e le chiome degli alberi lo avevano protetto dal sole anche nelle ore più calde della giornata; fortunatamente non aveva sofferto il freddo nelle notti tiepide...

Ma quella che in altre circostanze gli sarebbe apparsa come un'eccitante avventura, al terzo giorno di vagabondaggio solitario lo riempiva di disperazione.

E adesso era finito nelle paludi!

Questo infatti significava la nebbia mattutina: il bosco costeggiava un vasto acquitrino e ogni passo falso poteva sprofondarlo nelle sabbie insidiose...

Se n'era accorto dalle erbe acquatiche, dai ciuffi di canne che ogni tanto sbucavano dalla nebbia, dal fango che gli incrostava i gambali... Si era buttato a sedere fra le radici di un albero in preda al più nero sconforto.

Avanzare nella nebbia significava rischiare la vita.

Aspettare, non muoversi, era quasi altrettanto pericoloso...

In quei luoghi, sicuramente malarici e malsani, c'era rischio che per anni e anni non si avventurasse nessuno. E già una sola notte passata su quelle rive poteva portare i primi brividi, le prime febbri...

« Aspetterò che la nebbia si diradi e poi cercherò di proseguire, accada ciò che vuole! » decise Berardo disponendosi a dormire qualche ora per recuperare le forze.

Mentre era immerso in un leggero dormiveglia, la coscienza annebbiata ma non del tutto assente, gli parve di udire al di là dei rami degli alberi il suono lontano di una campanella. Era il primo segno di vita dopo tre giorni.

Balzò in piedi, temendo di essersi ingannato. Tese l'orecchio, pronto a una nuova delusione. Ma il suono argentino si avvicinava. Era un suono conosciuto, familiare...

'Tutte le campanelle si somigliano' pensò: non voleva illudersi. Ed ecco, uno sparviero grigio volò in cerchio sulla radura, scese più in basso e andò a posarsi su una roccia fissando da una certa distanza Berardo coi suoi occhi dorati.

« Sparr! » gridò forte il ragazzo. « Sei Sparr! Ti riconosco! »

L'uccello si sollevò in volo e sparì nell'azzurro.

La nebbia intanto si stava sciogliendo, ma Berardo, deluso, piangeva col capo contro la roccia coperta di muschio secco e non se ne accorgeva.

Poco dopo, in lontananza, un crepitio di rami spezzati, di arbusti calpestati, e il suono degli zoccoli di un cavallo...

Berardo smise di piangere, alzò il capo, si guardò intorno. Il trotto si faceva più vicino. Poi, fra i tronchi dei pini e delle acacie, apparve il manto bruno di un cavallo. E, in groppa, una figurina magra dall'aspetto familiare, sormontata da una testa rossa.

E, dietro, un altro cavallo grigio che, vedendo Berardo, nitrì. Ma il suono restò come soffocato dalla nebbia.

Dall'alto tornò a sentirsi il rintocco della campanella.

« Melisenda! » gridò Berardo correndo incontro ai cavalli.

« Costanza, finalmente! » rispose la nuova arrivata. « Come diavolo avete fatto ad addentrarvi tanto fra le paludi? Son tre giorni che vi cerco e, se non fosse stato per Sparr, non sarei mai riuscita a trovarvi ».

Costanza ora piangeva di sollievo e di felicità, ma Melisenda non sembrava tanto disposta a consolarla o a rallegrarsi con lei.

« Quando le suore ci hanno avvertito che eravate scappata, avrei voluto trovarvi subito per strangolarvi! Dovevate vedere in che stato era nostro padre. Come se non avesse già abbastanza preoccupazioni per conto suo! È stata Alienor ad aiutarvi, vero? Non negatelo: ha confessato. È lei che vi ha tenuto la scala per scavalcare il muro dell'orto; lei che vi ha procurato il denaro e l'armatura del nonno... »

« Spero che messer nostro padre non l'abbia punita » disse Costanza. « Alienor non ha fatto che ubbidirmi. Ma voi, sorella, sforzatevi di capirmi. Io dovevo partire a ogni costo... »

« E dove speravate di arrivare? Non siete stata capace di raggiungere non dico Brindisi, ma nemmeno Altamura... Cosa credete di combinare, tutta sola in Outremer, se a poche miglia da casa andate a cacciarvi proprio fra le paludi più malsane della Puglia? Volete imitare la pazza crociata della vostra bambinaia? »

« Dite quello che volete, sorella. Io andrò alla crociata a costo di morire ».

« Lo so » sospirò Melisenda. « E per questo sono venuta a cercarvi. Prima che nostra madre morisse, le ho promesso di aver cura di voi... Vi accompagnerò, per impedirvi di fare altre stupidaggini... Verrò anch'io in Terrasanta ».

« E la casa? E le bambine? E il nostro messer padre? » chiese Costanza, che non sapeva se essere soddisfatta o irritata per la decisione della sorella.

« Non mi posso dividere, come i santi monaci che riescono a essere contemporaneamente in due posti. Ho fatto chiudere gli appartamenti delle donne. Selima, Alienor, Fatima e le tre bambine sono andate al convento e ci resteranno fino al nostro ritorno. Nostro padre è solo, adesso, grazie al vostro capriccio! Sarete contenta, madonna Costanza! »

Costanza chinò la testa, avvilita. Ma cosa poteva farci? Ognuno deve seguire il proprio destino, e il suo destino era con re Federico in Outremer.

« Vedo che viaggiate sotto spoglie maschili » disse poi Melisenda. « Come vi fate chiamare, adesso? »

« Berardo ».

« Bene, messer Berardo. Montate sul vostro cavallo. Che razza di cavaliere pensavate di essere, a piedi? Io sarò il vostro scudiero e il mio nome sarà Federico ».

« Come il re? »

« Come il re. E come il figlio maschio che nostro padre non ha mai avuto. Avete qualcosa da ridire? E vi avverto che non sarò uno scudiero molto ubbidiente. Anzi sarete voi, mio bel cavaliere, a seguire i miei consigli. Ne avrete bisogno. Prima di tutto per uscire da questa palude. Quindi seguitemi e non protestate! »

Costanza osservò allora che la sorella aveva indossato una tunica maschile di lino e che, sopra, portava una casacca di cuoio che le stava larga e di cui doveva ripiegare le maniche. Si era tagliata all'altezza del collo i capelli rossi e sembrava davvero un petulante ragazzo normanno. Portava sempre il guanto da falconiere e, a un suo fischio, Sparr andò ad appollaiarvisi, lasciandosi mettere docilmente il cappuccio.

Sparr fu un compagno prezioso nel viaggio fino ad Altamura. Ci misero due giorni a uscire dal bosco, ed erano entrambe affamate e stanche di nutrirsi di more e pinoli. Così, appena trovava una radura, Melisenda cercava di cacciare col suo falcone, nonostante il terreno non fosse molto adatto.

Sparr catturò per loro tre lepri, una dozzina di tordi e altri piccoli uccelli. Una volta, in prossimità di un torrente, prese anche due pesci, procurandosi molte lodi e carezze da parte della padrona.

Era abituato a essere premiato con i bocconi migliori, ma in quei giorni si accontentò dei topi selvatici e delle donnole che le due ragazze non riuscivano a mangiare.

Tutte le sere si accampavano e accendevano un piccolo fuoco. Melisenda toglieva le prede dal carniere, le puliva e le arrostiva, dopo averle infilzate su stecchi di legno verde. Si era portata un po' di sale nelle borse da sella e aveva delle zucche per l'acqua, perciò non soffrirono né fame né sete, sebbene non incontrassero né una casa né una locanda fino al terzo giorno.

Infine raggiunsero Altamura e chiesero ospitalità in un convento. Costanza non voleva, per paura che le suore di Canosa la stessero cercando e avessero sparso la voce fra tutti i religiosi, ma Melisenda la rassicurò: la badessa era stata avvertita da messer Rinaldo che le due figlie maggiori partivano insieme col suo permesso. Con un mercante di stoffe mandò subito un messaggio al padre informandolo che aveva ritrovato Costanza e che proseguivano insieme per Brindisi.

Per Costanza fu un vero sollievo dormire sulla paglia fresca, fra coperte pulite. Fece un bagno caldo nella tinozza di legno, lustrò l'armatura e fece prendere aria all'àketon che ormai puzzava di sudore.

Melisenda chiese ai frati le erbe contro le pulci e i pidocchi e strofinò i propri vestiti e quelli della sorella. Era lei che teneva la borsa del denaro, e inoltre aveva una lettera di messer Rinaldo per Jacopo Mostacci, falconiere di Messina e suo amico, che le avrebbe prese sotto la sua protezione a Brindisi.

I frati erano ammirati del senno dello scudiero e inteneriti del sacro entusiasmo del cavaliere, entrambi così giovani! Ormai solo un bambino poteva partire per Outremer con l'unico ideale di liberare il Sepolcro di Cristo, e i frati erano i primi a saperlo. Offrirono agli ospiti buon pane bianco, carne arrostita e birra e li misero in guardia contro i pericoli del viaggio.

I pellegrini erano più del previsto e scarseggiava il cibo. Le campagne fino a Brindisi erano infestate da pericolosi briganti e da lebbrosi, che si erano fatti audaci e si spingevano fin sul ciglio della strada a chiedere l'elemosina, tirando i pellegrini per la veste e rischiando di contagiarli con il loro terribile morbo.

« Perché nessuno dei vostri frati parte crociato? Non

vi interessa liberare il Santo Sepolcro? » chiese meravigliata Costanza.

« Abbiamo altro da fare, qui al convento » rispose l'abate. « Abbiamo trovato antichi libri di poeti latini e li stiamo ricopiando per mandarli all'università di Padova e di Bologna. Inoltre stiamo facendo degli esperimenti d'irrigazione per bonificare le paludi. Se riusciremo a liberare i contadini dalla malaria e ad aumentare le terre fertili, ci saremo resi ugualmente utili, non vi pare? Noi religiosi dovremmo essere strumenti di pace e non impugnare mai la spada... »

« Ma se ci sono ordini religiosi nati apposta per questo! I Templari, gli Ospedalieri, i Teutonici non sono forse monaci soldati? Chi uccide in nome di Cristo non commette assassinio e gli infedeli non sono carne battezzata! »

« Se ci sono già Templari, Ospedalieri e Teutonici a combattere, non c'è bisogno che andiamo anche noi, non vi pare? » concluse filosoficamente il grasso abate. Poi propose ai due ragazzi di fare la strada insieme a un altro cavaliere che aveva dormito al convento quella notte. « Si chiama messer Bencivenni e viene da Foggia, dove frequentava la corte e lavorava alla cancelleria di re Federico ».

Bencivenni era un giovanotto sui ventidue anni che viaggiava su un mulo vecchio e rognoso, senza bagaglio e vestito di una semplice veste da borghese, che però si lisciava continuamente addosso, così come aveva molta cura dei capelli piuttosto lunghi sulle spalle e tagliati a frangia sulla fronte.

« Elegante, per essere un cortigiano del re! » sussurrò Costanza dando di gomito alla sorella.

Il gesto non sfuggì al compagno di viaggio, che scoppiò in una risata. « Vi sembra che il mio equipaggiamento non sia abbastanza fastoso per un cavaliere? Dovevate vedere com'ero bello quando vivevo a corte! Che brache, che sottovesti, che tuniche ricamate indossavo! E che soprammaniche a sbuffi, composte da strisce di colori diversi! E che cappelli, e che mantelli orlati di pelliccia, e che levrieri e che cavalli avevo! È stata l'eleganza che mi ha rovinato. Tutti i giovani cortigiani facevano a gara per sfoggiare gli abiti più raffinati e io non volevo essere da meno... Le dame non ci avrebbero degnato di uno sguardo, nessuna avrebbe danzato con noi né accettato i nostri omaggi se non fossimo sempre stati vestiti all'ultima moda. Ma vestiti, mantelli, cavalli, cani costano cari, sapete. Eravamo pieni di debiti, sempre in mano agli usurai. L'imperatore ci pagava per i nostri servigi, ma noi spendevamo molto più di quanto guadagnavamo... La mia famiglia non è ricca, e l'anno scorso, per calmare i miei creditori, ho dovuto impegnare il mio equipaggiamento da cavaliere: armatura, armi, cavalli, scudiero... tutto si sono presi, quegli strozzini! Va bene che credevo non mi sarebbero più serviti. Chi pensava più di partire dopo tanti anni di rinvii? E invece ecco che arriva la chiamata: tutti in Terrasanta e io non ho un tarì per riscattare le armi... Anche voi, però, messer Berardo, non ve la passate bene, a quanto vedo. Dove l'avete trovata, quell'armatura, in una tomba di antichi romani? »

« Apparteneva a mio nonno, che fu un valoroso cavaliere e combatté contro il Saladino! » rispose Costanza offesa. « E comunque meglio un'armatura vecchia che niente armatura! Mi chiedo proprio se vi lasceranno salire sulla nave, in queste condizioni. Cosa se ne fa l'imperatore di un cavaliere come voi? »

Quel Bencivenni le piaceva sempre di meno. Non

aveva niente di eroico. Non era altro che un bellimbusto, più amante della danza e della vita di corte che delle armi e della gloria.

A Melisenda invece era simpatico. Teneva il suo cavallo al passo del mulo e chiacchierò con lui per la strada.

Costeggiarono la fortezza normanna di Gioia del Colle e su quelle colline aperte, battute dai venti, Sparr poté dedicarsi a una splendida caccia che procurò loro da mangiare per due giorni.

Pernottarono a Martina Franca e a Ceglie Messapico e finalmente arrivarono in vista di San Vito dei Normanni. Ancora da lontano si vedevano, appena fuori del paese, dei padiglioni di stoffe multicolori e uno steccato circondato da una folla vociante.

« C'è un torneo! » esclamò tutto contento messer Bencivenni. « Andiamo, presto! Chissà che la fortuna non mi sorrida! Chissà che non riesca a procurarmi un'armatura! »

« Io preferirei proseguire per Brindisi » protestò Melisenda. « C'è troppa gente. Ho paura che qui rischiamo di cacciarci nei guai... »

« Non siate codardo, Federico! » la rimproverò Costanza. « Perché non dobbiamo dimostrare a tutti il nostro valore di crociati? Il Signore sarà dalla nostra parte ».

E spronò il cavallo in direzione dello steccato.

5

Dove i nostri eroi ristorano le forze all'osteria.

« Bencivenni, abbiate un po' di giudizio almeno voi! » ansimava Melisenda, trottando affannosamente dietro ai due compagni. « Ricordate che la Chiesa disapprova la violenza di queste gare e che i cavalieri uccisi in torneo non possono ricevere sepoltura cristiana! »

« Non fatemi ridere, scudiero! Dovrei rinunciare all'occasione di procurarmi armi, cavallo e un bel po' di denaro per paura di un editto papale vecchio di cinquant'anni e che nessuno ha mai rispettato? E poi questa è una giostra, non una mischia all'antica, e si combatte con la lancia cortese. Chi volete che resti ucciso da un'arma spuntata? Mi basterà disarcionare il mio avversario ed egli mi cederà armi e cavallo e resterà mio prigioniero fino al pagamento del riscatto! »

Melisenda non era molto convinta. Prima che sua madre morisse era stata diverse volte al castello con Costanza, a visitare Konrad che si allenava per diventare cavaliere. Entrambe le ragazze avevano voluto provare a correre la quintana, a galoppare cioè contro un fantoccio armato di bastone che se ne stava impalato su una base girevole in mezzo al cortile. Bisognava colpirlo in mezzo agli occhi con tutta la forza possibile, in modo da farlo girare su se stesso. Ma bisognava, nello stesso tempo, essere velocissimi e ben saldi in sella, perché, ruotando, il fantoccio assestava col bastone un colpo fortissimo e c'era il rischio di prenderlo sulla schiena e di venire sbalzati di sella.

Konrad aveva cercato di insegnare loro come schivare il colpo, e Melisenda per lo più ci riusciva. Ma Costanza di solito si prendeva il bastone sul collo e sulla schiena e molte volte era caduta evitando per miracolo di essere calpestata dal cavallo. Tutto il suo addestramento cavalleresco finiva lì, e adesso, colta da pazzia e trascinata da quell'incosciente di Bencivenni, si credeva in grado di sfidare in una giostra cavalieri in carne e ossa, adulti e molto più esperti di lei!

Per fortuna, prima di affrontare lo scontro, Bencivenni volle andare a ristorarsi in una osteria che, come tutte quelle incontrate sulla strada per Brindisi, era piena di gente.

Anche loro, dopo i primi bicchieri, diventarono più allegri e cominciarono ad attaccare discorso con i vicini di tavola. L'argomento generale della conversazione, naturalmente, era la spedizione in Outremer...

I più scettici, fatti coraggiosi dal vino, continuavano a ripetere: « Secondo me non si parte nemmeno stavolta! Il re troverà un'altra scusa all'ultimo momento, vedrete! Non ha nessuna intenzione di fare la guerra ai saraceni! »

« Ma cosa dite! La guerra è già iniziata! Guardatevi intorno! » rispondeva Costanza, indignata.

In realtà, nella taverna gremita di cavalieri e soldati crociati diretti all'imbarco, era difficile pensare che la macchina della guerra, spintasi così avanti, potesse essere arrestata, sia pure da un ordine del re.

Melisenda intanto s'informava dai presenti su quanto stava succedendo in paese. Le raccontarono che il barone locale aveva bandito il torneo per divertire le numerose dame ospiti alla sua corte, accorse da tutto il regno per accompagnare i mariti all'imbarco e che, in quella campagna sperduta, si annoiavano a morte.

Inoltre i cavalieri, in attesa della partenza, rischiavano d'impigrirsi e di perdere l'allenamento. Anche per loro il torneo era una buona occasione per svagarsi e tenersi in esercizio. La popolazione del paese, poi, era lietissima di avere uno spettacolo gratuito così eccitante e dimenticava i numerosi malati che già annunciavano una delle solite epidemie estive.

« Ci sono campioni molto forti? » s'informò prudente Bencivenni.

« Niente di straordinario » rispose un cavaliere, che però era stato disarcionato qualche ora prima e che si faceva curare con l'aceto graffi e ammaccature.

« Sono passati i bei tempi della tavola rotonda e dei nobili giochi cavallereschi dei cavalieri di Artù! » sospirò Costanza.

« Costanza! Voi avete letto di nuovo qualche romanzo di Chrétien de Troyes! Persino in convento ve li siete procurati! Sapete che nostro padre vi ha proibito di leggerli! »

« Zitta, sciocca! Volete tradirci? » sibilò Costanza, allungando alla sorella un calcio sotto la tavola.

Ma nessuno aveva prestato loro attenzione. Bencivenni era intento a raccontare ai vicini, che lo ascoltavano con grande interesse, del più famoso campione di tornei del passato: William Marshall, maestro d'armi di Enrico II d'Inghilterra e istruttore di suo figlio Goffredo... Nonostante ai suoi tempi, quarant'anni prima, fossero in uso le mischie sanguinose e disordinate, William aveva capito che risparmiare la vita all'avversario era molto più conveniente che ucciderlo. Così, in soli due anni aveva sconfitto in torneo ben centotré cavalieri, ricevendo da ciascuno armi, cavallo e riscatto e diventando quindi ricchissimo...

« Io, molto più modestamente, mi accontento di vincerne solo uno per procurarmi l'equipaggiamento per la crociata e qualche soldo per il viaggio » concluse Bencivenni.

« Ma come combatterete, a piedi e disarmato come siete? » s'informò preoccupata Melisenda.

« Ci ho già pensato. Messer Berardo mi presterà le sue armi, che gli renderò quando toccherà a lui torneare. Di cavallo prenderò il vostro, per non affaticare quello del vostro signore ».

6

Dove Costanza e Bencivenni affrontano in un torneo due campioni sconosciuti.

E così alle due del pomeriggio Melisenda si trovò a piedi tra la folla vociante che assisteva allo scontro fra i cavalieri.

Il giudice di gara aveva già sorteggiato i due avversari per Bencivenni e Costanza. Il primo era un robusto Cavaliere Teutonico dall'alto elmo bruno, il secondo un guerriero più esile, ma agilissimo, che sopra la corazza indossava una veste priva dello stemma che ne rivelasse il casato.

La folla seguiva gli scontri con grande passione e parteggiava sempre per i vincitori. Ogni avversario disarcionato veniva coperto di beffe, insulti e ortaggi lanciati dagli spettatori.

Ma, nonostante l'aria vigorosa dell'avversario, a Bencivenni non passava nemmeno per la testa di poter essere lui lo sconfitto, e già considerava con aria di possesso la bella armatura teutonica, mentre indossava l'àketon di Costanza, che gli stava un po' stretto, come d'altronde la vecchia cotta di maglia arrugginita e ammaccata del nonno Tancredi.

Il giudice fece suonare le trombe e i due contendenti presero posto agli angoli opposti del campo. Al segnale successivo avrebbero dovuto galoppare l'uno contro l'altro senza scontrarsi, ma colpendosi a vicenda con la lancia per cercare di disarcionarsi. Se, picchiando contro lo scudo avversario, la lancia si spezzava, lo scudiero correva a sostituirla con un'altra. Dopo aver spezzato tre lance senza disarcionarsi, i cavalieri potevano continuare il combattimento a piedi, con le spade e le mazze. Se invece uno dei due contendenti cadeva di sella, si dichiarava sconfitto e doveva consegnarsi all'avversario.

Melisenda sudava tra la folla, cercando con gli occhi Costanza, mentre Bencivenni caracollava nel suo angolo in attesa del segnale. Sparr, coperto e incappucciato, stava quieto nel suo cesto al piedi della padrona.

La tromba suonò ancora e i due cavalieri partirono lancia in resta. Si incrociarono a metà del campo.

Bencivenni mancò l'avversario. Sollevò lo scudo per deviarne la lancia, ma il povero scudo del nonno Tancredi, di vecchio legno tarlato, all'urto andò in mille pezzi e la punta della lancia raggiunse la cotta di maglia sotto l'ascella. Bencivenni fu sollevato in aria, volteggiò con la veste gonfia per un lunghissimo istante e poi atterrò nella polvere con un fracasso di ferraglia, mentre il cavallo di Melisenda continuava la sua corsa con la sella vuota.

Sotto il palco delle dame si udì il gemito di Costanza, che non aveva previsto quest'incidente. Se le sue armi andavano al vincitore, come avrebbe fatto lei a combattere l'altro campione? E con quale denaro il povero Bencivenni avrebbe riscattato la sua libertà?

Intanto il secondo cavaliere diceva qualcosa all'amico il quale fece un cenno al giudice di gara, che si rivolse a Costanza con queste parole: « Cavaliere, il campione vincitore vi concede di riprendere le vostre armi e di usarle per affrontare il suo compagno. Se vincerete, potrete considerarle ancora vostre o barattarle con quelle conquistate. Se perderete, come tutto fa supporre, consegnerete armi, cavallo, scudiero e la vostra stessa persona a chi ha trionfato su di voi ».

Il cavaliere sconosciuto fece un altro cenno e il giudice aggiunse: « Poiché siete voi che avete lanciato la sfida, non potreste ritirarvi senza disonore. Ma, considerando la vostra giovane età e la vostra inesperienza, il campione rinuncia allo scontro e vi lascia libero di andare a procurarvi il riscatto per il vostro amico ».

'Se Costanza avesse un briciolo di buon senso, approfitterebbe dell'occasione' pensò rapidamente Melisenda, ma conosceva troppo bene la sorella per illudersi che i guai fossero finiti.

Costanza infatti arrossì violentemente, si morsicò le labbra a sangue e gettò indietro la testa: « Sono costretto ad accettare la generosità del cavaliere per quanto riguarda le armi » disse con voce alterata dall'emozione, « ma non intendo dar spettacolo di codardia! Non mi ritirerò. Ho lanciato la mia sfida e voglio scendere in campo contro di lui. Il Signore decida chi fra noi due è il più prode ».

Tra la folla qualcuno applaudì e dal palco una dama matura e rubiconda gettò il suo nastro, di colore verde, verso il giovane sfidante, che lo legò devotamente all'elsa della spada. Ma i villani attorno a Melisenda sghignazzavano e si preparavano al lancio di immondizie: « Fra poco vedremo un altro sbruffone millantatore con la faccia nella polvere! »

Melisenda si appoggiò rassegnata alla trave dello steccato e chiuse gli occhi, preparandosi al peggio.

La corazza era più ammaccata di prima, sporca di polvere e d'erba: l'àketon, molle del sudore di Bencivenni, pizzicava sulla pelle di Costanza quando, udito il segnale della partenza, la ragazza spinse il cavallo al galoppo. Non sentì nemmeno l'urto della lancia nemica: si trovò per aria, con tutte le sue armi ancora strette in pugno e il nastro verde che sventolava come una bandiera. Poi la sua lancia toccò terra e funzionò da leva, catapultandola lontano, verso l'angolo del campo da cui era partita.

L'urto e il volo non durarono più di due secondi, ma a Costanza parvero un tempo interminabile, e nella sua mente ogni movimento si scompose in mille, lunghissime frazioni... Ora giaceva prona sull'erba calpestata, senza accennare a rialzarsi né fare alcun movimento.

'Oh, Signore, sarà morta!?' pensò Melisenda. 'Ma no, non può essere morta per così poco... Si sarà rotta qualche osso. Se si è rotta una gamba non vorrà più partire... o forse sì? Ma cosa vado a pensare? Vive o morte, sane o ferite, non possiamo più decidere niente. Siamo tutti e tre prigionieri dei due campioni. Ma perché quella stupida non tira su la testa? Perché resta con la faccia nell'erba? Certo è ferita gravemente...'

Costanza era illesa, ma non osava muoversi, sopraffatta dalla vergogna, mentre riceveva dalla folla la sua parte di beffe e d'insulti e pensava che, invece di equipaggiare Bencivenni, avevano perduto cavalli, armatura e libertà.

Bencivenni se ne stava con la testa bassa vicino ai cavalli e ai bagagli dei vincitori. Non era legato, ma la sua parola d'onore, più forte di una catena, gli impediva di fuggire. Sapeva di non potersi riscattare, e lo avviliva il pensiero di aver trascinato nella rovina i due giovani compagni di viaggio.

«Voi almeno avete qualche soldo» diceva per consolarli. «Potete offrire il falcone... Chissà, forse riuscirete a tornare liberi...»

«Cosa me ne faccio della libertà, se non ho più la mia armatura e il cavallo?» piagnucolava Costanza. «Come farò a partire per Outremer?»

Melisenda però aveva messo mano alla borsa e contava quanto denaro vi era rimasto, anche se era ben decisa a non cedere Sparr a nessun costo. Piuttosto lo avrebbe liberato e lo avrebbe rimandato a casa, ad avvertire messer Rinaldo che le sue figlie si trovavano nei guai.

Quando tornarono i due campioni vincitori, stanchi, sudati e coperti di polvere, ma ancora con le corazze addosso, si gettò ai loro piedi. «Vogliate accettare questi ducati in cambio della nostra libertà» disse. «Sono pochi, ma è tutto ciò che possediamo!»

Il meno robusto dei due si fermò di colpo, portò una mano all'elmo, sollevò la visiera... «Melisenda! Che sciocchezze andate dicendo? E cosa fate in giro per il mondo coi capelli tagliati in malomodo e con questo ridicolo vestito?»

«Konrad! Non vi avrei mai riconosciuto, sotto l'armatura! Come siete cresciuto! E che bravo cavaliere siete diventato, voi che volevate fare il filosofo!» esclamò Melisenda alzandosi in piedi.

Anche il Cavaliere Teutonico si levò l'elmo: era il giovane barone Guglielmo, che cominciò a ridere come un matto, con la grassa pancia che gli sussultava dentro la corazza. «Che prodi e ricchi prigionieri abbiamo fatto in questa gloriosa giornata! La testa rossa figlia del falconiere Rufo... e scommetto che il giovane cavaliere malconcio è la sua bella sorella maggiore... Guardate, Konrad, come si trasforma una dama leggiadra se le togliete il vestito, i gioielli e la pettinatura! I miei omaggi, comunque, damigella!»

«Costanza! Dovevo immaginarlo che uno sfidante così pazzo e temerario non potevate essere che voi! Se penso che potevo ammazzarvi, io che ho tanto amato vostra madre! Non sarei mai riuscito a perdonarmelo... mai! »

Bencivenni, naturalmente, non capiva più niente. All'improvviso Federico diventava Melisenda; Berardo si trasformava in Costanza, i vincitori sconosciuti si rivelavano due vecchi amici... Il povero cortigiano di Foggia cominciò a temere di aver battuto la testa senza accorgersene, nella caduta, e che ora fosse sopraggiunto il delirio. Tanto più che quei quattro, felici di rincontrarsi, non pensavano affatto a dargli spiegazioni, e se alla fine volle capire qualcosa dovette arrangiarsi da solo a ricostruire la situazione dai frammenti di discorso che era riuscito ad afferrare.

Konrad era il buon ragazzo di sempre, e anche Guglielmo, crescendo, era diventato più amabile anche se non più magro. Non vollero assolutamente sentir parlare di riscatto, anzi restituirono alle ragazze armi e cavalli e si offrirono di scortarle fino a Brindisi.

« È meglio viaggiare in compagnia, credetemi » assicurò loro Guglielmo. « Le strade sono pericolose: il cibo non è sufficiente per tutti i viaggiatori diretti a Brindisi e i rifornimenti tardano ad arrivare. Dicono che negli accampamenti del re sia scoppiata un'epidemia. Sapete come succede in questi casi: i ladri e i briganti si fanno più audaci, i soldati più molesti... non è bene che due ragazze viaggino da sole ».

« Veramente eravamo travestite da maschi e viaggiavamo in compagnia di messer Bencivenni... » obiettò Costanza.

« Ah, quello! Non ho sentito neppure il contraccolpo della lancia quando l'ho sbalzato di sella! » rispose Guglielmo. E con questo il povero Bencivenni fu liquidato, anche se restava inteso che avrebbe fatto parte anche lui della comitiva.

7

Dove s'incontrano medici e ammalati.

Quella notte Costanza non riuscì a prendere sonno. Si rigirava sulla paglia scossa dai brividi e, per quanto si avvolgesse nella coperta, non riusciva a riscaldarsi. Eppure la notte di agosto era dolce e tiepida e gli altri dormivano tranquilli vicino all'apertura della tenda.

Costanza non osava lamentarsi per timore d'essere derisa. Le dolevano tutte le ossa e pensava che fosse la conseguenza della caduta da cavallo. Qualche ora dopo mezzanotte, però, cominciò a dolerle anche la pancia: le budella le si torcevano come se avessero una vita propria, annodandosi e distendendosi con fitte lancinanti... Dopo ogni fitta Costanza si diceva: 'È l'ultima', sperando che il dolore non ritornasse. Non poteva essere conseguenza del torneo... forse aveva bevuto acqua infetta, forse aveva mangiato del cibo guasto...

Dovette correre fuori tre o quattro volte, ma svuotare il ventre non le dette alcun sollievo e rimase lì in attesa dell'alba, battendo i denti e premendosi le mani sulla pancia, ben decisa a non rivelare il suo male ai compagni per paura che non le lasciassero proseguire il viaggio. Al mattino fu la prima a montare a cavallo dopo aver caricato i bagagli e spronò impaziente la cavalcatura sulla strada per Brindisi.

« Siete un po' pallida, stamattina, madonna » le disse Bencivenni, trottandole al fianco, « ma per me siete ugualmente bella come il sole! Anzi, come una pallida luna! »

Il complimento era più ironico che galante, ma Costanza non aveva la voglia né la forza di rispondere per le rime. Si sentiva debolissima e faceva fatica a stare in sella.

Poi le parve che piano piano il calore del sole le desse una sensazione di ristoro e sperò che col pasto del mezzogiorno si sarebbe rimessa in forze. Era assurdo cedere proprio adesso, quando mancavano poche ore di cammino all'imbarco per Outremer! Man mano che si avvicinavano a Brindisi la folla di pellegrini e soldati si faceva più fitta, e ai due lati della strada si vedevano già tende e padiglioni di gente che si era accampata in attesa di salire sulle navi.

I cinque cavalieri procedevano a stento, pigiati fra la calca, e Konrad ogni tanto si girava per controllare che le ragazze non restassero troppo indietro. Verso le undici del mattino, un grido di Melisenda lo fece voltare giusto in tempo per vedere Costanza, pallidissima, accasciarsi in avanti sul collo del cavallo e restarvi come un peso morto, impigliata fra le briglie che le impedivano di cadere a terra.

La portarono in una radura, le tolsero la cotta di maglia che aveva voluto indossare nell'ultimo tratto del viaggio e le spruzzarono il volto con acqua fredda per farla rinvenire.

Quando vide che la sorella non si riprendeva, Melisenda si mise a piangere. Era la prima volta che piangeva, dopo la morte di sua madre, e lei stessa ne fu spaventata.

« Calmatevi » la tranquillizzò Konrad. « Costanza non è così grave. Il polso è regolare, il respiro è buono. Non c'è pericolo immediato. E poi ci sono io a proteggervi. L'ho promesso a madonna Yvette... »

Decisero che Guglielmo e Bencivenni sarebbero rimasti ad assistere Costanza, che, nonostante l'avessero avvolta in tutte le coperte a disposizione, tremava di febbre e delirava. Konrad e Melisenda, invece, sarebbero andati in città a chiedere aiuto. Mentre galoppavano alla volta di Brindisi, facendosi largo a fatica tra i pellegrini e i soldati, videro a un tratto la folla diradarsi improvvisamente e lasciare un varco nella strada... Nel silenzio improvviso risuonò il tintinnio lugubre di una campanella.

Istintivamente Melisenda controllò che Sparr fosse tranquillo nel cesto di vimini, al riparo dai rumori molesti e dalla luce. Ma il suono che si avvicinava era molto diverso dal rintocco argentino che segnalava i movimenti del falcone.

« Attenta! State indietro! È un lebbroso » gridò Konrad trattenendole il cavallo per le briglie.

E il lebbroso uscì dal campo sul ciglio della strada, tendendo avanti un bastone e tastando il terreno a ogni passo. Portava un abito grigio scuro vecchio e lacero, col contrassegno della sua condizione di 'intoccabile': due mani rosse intrecciate sul petto, stranamente simili alla rossa croce di cui si fregiavano con orgoglio tutti i presenti. In testa aveva un cappello a larghe falde cinto da un vistoso nastro bianco e, legata a un polso, la campanella d'ottone che avvertiva i sani del suo passaggio. La malattia gli aveva già divorato le dita di una mano e gli aveva sfigurato il volto con macchie biancastre, corrodendo il naso e gli occhi, che fissavano i pellegrini con uno sguardo cieco.

Tutti indietreggiarono mentre il malato attraversava a tentoni la strada, e molte donne recitarono a voce bassa formule di scongiuro.

« Che brutto incontro! » sussurrò Melisenda. « È un presagio funesto per la sorte di mia sorella ».

« Chissà che non possa aiutarci, invece » rispose Konrad, e, rivolto al lebbroso gridò: « Fratello, voi che certo abitate in queste campagne, sapreste dirci il nome di un medico valente e caritatevole? »

Il cieco sollevò il viso devastato verso la direzione da cui proveniva la voce, agitò il bastone e rispose: « Grazie, fratello, per avermi rivolto la parola! Siete il primo cristiano che mi parla da cinque anni! Che il Signore vi benedica! So la notizia che mi chiedete. Cercate di messer Pagolo di Bartolo Villani, nel quartiere degli speziali. È un medico vecchio e generoso che cura i poveri per amore di Cristo ».

Purtroppo messer Pagolo non era in casa. Curando i suoi poveri, era stato preso dal contagio e giaceva anche lui su un pagliericcio sporco dell'Ospizio degli Ospedalieri. I due amici furono ricevuti dal nipote Adelardo, un giovane saccente che proseguiva la professione dello zio e si vantava di aver frequentato la famosa scuola di medicina di Salerno e quella di Napoli, e di essere un vero fisico, non un praticone, un chirurgo come quel povero vecchio di messer Pagolo.

Quando però Konrad gli promise di pagarlo lautamente per le sue prestazioni, accettò di seguirli fino al luogo dove giaceva la malata.

Durante la cavalcata non smise un attimo di chiacchierare, vantandosi degli studi fatti e delle proprie innumerevoli abilità.

Quando raggiunsero l'inferma videro che aveva ripreso i sensi, ma la febbre altissima l'aveva così indebolita che non riusciva a sollevare la testa e parlava a stento. Dopo averle gettato una rapida occhiata, messer Adelardo ordinò che mandassero a chiamare un prete per confessarla, poi si accinse a praticarle un salasso.

Mentre le incideva il braccio cercava di farla ridere

con proverbi, storielline e ogni sorta di stupidaggini, vantando le proprie unghie pulite e le proprie vesti eleganti. Costanza lo ascoltava muta, col viso stanco e indifferente.

« Siete di umore melanconico, madonna! » scherzava l'illustre fisico. « E ne avete ben ragione! È la malinconia che provoca la febbre quartana! Che se invece fosse terzana, la colpa sarebbe dell'umor collerico... Quando siete nata? Certamente sotto un segno di terra. Sapete che i quattro umori che dominano il corpo umano si ritrovano anche tra i pianeti? La terra corrisponde alla malinconia, l'acqua alla flemma, l'aria al sangue, il fuoco alla collera... »

I quattro amici ascoltavano cupi tutte queste facezie e si animarono solo quando arrivò il frate per confessare l'ammalata.

Prima di prescrivere la cura, messer Adelardo pretese di andare con Konrad da un notaio, dove stipularono e firmarono un contratto. Il medico s'impegnava a guarire la malata entro cinque mesi, a patto che seguisse le cure prescritte, e Konrad s'impegnava – a nome di messer Rufo – a pagare una certa cifra, molto alta, non appena avesse constatato il ritorno alla salute.

La cura consisteva in bagni, infusi di erbe medicinali e una dieta leggera e nutriente, a base soprattutto di pollo bollito. Nel delirio Costanza rivedeva i suoi primi compagni di viaggio e sognava che il contadino e il bracconiere erano anche loro ammalati e non potevano guarire perché erano troppo poveri per pagare il medico, il pollo e i decotti d'erbe.

8

Dove Costanza riceve l'Estrema Unzione e Bencivenni prende i suoi provvedimenti.

Nonostante la dieta e i salassi, il terzo giorno Costanza si aggravò e, nel delirio, cercava di alzarsi per montare a cavallo e andare al porto a imbarcarsi con i soldati.

Non sapeva che il contagio aveva raggiunto anche i soldati già imbarcati. L'imperatore, messa al sicuro Jolanda, si era rifugiato sull'isolotto di sant'Andrea assieme al langravio di Turingia, mentre ogni giorno dalla città e dalle campagne arrivavano notizie di morti, sommosse e disordini.

Poiché era evidente che Costanza non sarebbe potuta partire, decisero di riportarla a casa. Si procurarono un carro tirato da muli e il medico, dietro pagamento di una somma supplementare, accettò di accompagnarli per assisterla durante il viaggio. Konrad e Guglielmo dovevano presentarsi ai loro capitani, ma Bencivenni non era ancora arruolato e si offrì di andare con le ragazze. « Se nel frattempo le navi partiranno senza di me, pazienza! » disse. « In fondo non ci tengo tanto ad andare in Outremer! E poi, che razza di cavaliere sono, senza cavallo e senza armatura? »

Melisenda gli buttò le braccia al collo piena di riconoscenza, ma Costanza nei momenti di lucidità lo guardava con disprezzo.

Eppure durante il viaggio di ritorno Bencivenni fu un compagno prezioso. Procedevano in senso contrario alla folla dei pellegrini e dei soldati, ma la gente non era più così numerosa e così entusiasta. L'epidemia aveva aperto molti vuoti. Gran parte dei viaggiatori era tornata a casa per paura del contagio. Le strade erano infestate di ladri, tagliaborse e affamati che per un pezzo di pane o due tarì avrebbe tagliato la gola a chiunque.

Più di una volta Bencivenni dovette mettere mano alla spada (quella del nonno Tancredi) per difendere la comitiva. Messer Adelardo tremava di paura e si rifugiava sul carro, protestando che lui era uomo di scienza e non d'armi.

Costanza stava sempre peggio e gli scossoni del carro sulla strada dissestata e polverosa aumentavano le sue sofferenze. Ormai delirava in continuazione, e la notte Melisenda doveva dormire abbracciata con lei per infonderle un po' di calore, poiché la malata bruciava di febbre, ma si lamentava di sentirsi gelata fin nelle ossa...

Invano Bencivenni cercava di tenere alto il morale dei compagni conversando e riempiendo le ragazze di attenzioni. Melisenda usava la sua spalla per piangere e Costanza, nel delirio, lo chiamava fellone e traditore.

Finalmente arrivarono alla fattoria dei Rufo. Bencivenni galoppò avanti per avvertire messer Rinaldo che richiamasse le donne dal convento, perché la malata aveva bisogno di assistenza. Quando varcarono il portone del cortile, trovarono Alienor e Selima in lacrime sulla soglia di casa. Con grande delusione di Melisenda, che aveva nostalgia di Sibilla e della piccola Violante, Fatima era rimasta al monastero con le bambine, per non esporle al contagio. Ma quando la ragazza fu tra le braccia del padre le parve che un peso enorme le fosse stato tolto dal cuore...

Alienor si impadronì subito della malata, facendola

trasportare negli appartamenti delle donne e allontanando Selima, che accettò di buon grado di occuparsi da sola della direzione della casa, perché Melisenda rifiutava di staccarsi dal letto della sorella. Costanza era gravissima. Non aveva riconosciuto né il padre né le donne né la casa... Alternava brevi momenti di delirio agitato a lunghissimi periodi di profondo sopore, durante il quale non sentiva neppure i rumori. Vomitava ogni tipo di cibo, persino l'acqua, e soffriva di una diarrea continua.

« Si sta asciugando. Morirà priva di ogni umore vitale » disse Selima. E fu chiamato il prete per darle i sacramenti.

Messer Adelardo le stava continuamente al fianco, cercando di giustificare la propria parcella con l'assiduità, se non con i risultati. I suoi salassi però non facevano che indebolire di più la paziente e provocavano le proteste di Giovanni da Bologna che ogni tanto capitava nella camera a dare un'occhiata, sempre più magro e col fiato che puzzava di vino, ma preoccupatissimo per la sua antica scolara.

Quando il medico vide che la ragazza era moribonda, tirò fuori il contratto firmato dal notaio e pretese i suoi ducati, affermando che la malata non guariva perché la famiglia non aveva seguito alla lettera le sue prescrizioni, facendola fra l'altro assistere da una demente come Alienor.

Messer Rinaldo lo guardava inebetito, troppo sconvolto per reagire. Costanza, tra le figlie, era quella che fisicamente somigliava di più alla madre, e in quelle ore al falconiere pareva di assistere all'agonia di madonna Yvette. Ma Bencivenni aveva conservato il suo spirito battagliero. Alle richieste del medico, che lo chiamava a testimone del contratto, non rispose nemmeno. Lo sollevò di peso, ancora con la pergamena tra le mani, lo trascinò fuori del portone, lo scaraventò sul suo mulo gettandogli dietro i bagagli e frustò la bestia spingendola al galoppo sulla strada di Gravina. « Andate con Dio, messer fisico, e non fatevi più rivedere da queste parti se avete cara la vita! »

Poi sellò il cavallo più veloce della scuderia e si allontanò anche lui in direzione di Foggia. L'indomani era di ritorno, accompagnato da un medico musulmano. Il nuovo arrivato cambiò completamente la cura. Abolì i salassi e fece trasportare la malata in una stanza ampia e ventilata, dove faceva bruciare in continuazione cortecce di eucalipto. Lentamente Costanza si riprese. In capo a tre giorni fu in grado di bere del brodo, poi di mangiare qualcosa... Le febbri non erano più così violente, la diarrea era cessata.

Alienor non si staccava un attimo dal suo fianco e, se non fosse stato che ogni tanto parlava del fratello perduto come se fosse presente, sembrava tornata quella di un tempo. Ormai aveva quasi trent'anni ma, come accade spesso ai folli o ai deboli di mente, aveva conservato nel viso una dolce espressione infantile. Lei e Costanza conversavano insieme per ore, come ai vecchi tempi, e l'argomento era sempre lo stesso: la crociata dei bambini, la scomparsa di Honfroi. Ma adesso non si trattava più di concreti progetti di azione, di partenza: era come se le due donne si raccontassero una fiaba lontana per consolarsi a vicenda.

Poi entrava tutto allegro Bencivenni, reduce da un'ispezione nei campi, con un mazzo di papaveri o una coroncina di mirto per Costanza. Le faceva ridere raccontando episodi della corte imperiale: le prodezze dei giocolieri, le battute di spirito dei nani... Portava la viola e intonava una canzone cortese, oppure raccontava di come Tristano bevette per sbaglio la pozione incantata e s'innamorò perdutamente di Isotta, fidanzata di suo zio Marco, re di Cornovaglia. Da buon cortigiano, conosceva tutte le storie che piacciono alle dame e faceva commuovere Costanza e Alienor con la storia di Lancillotto, il prode cavaliere della Tavola Rotonda che si era innamorato della moglie del suo re, la bellissima regina Ginevra... Sul tardi arrivava maestro Giovanni da Bologna e si univa alla conversazione. Era tutto fiero perché aveva saputo che il suo maestro, il dottissimo Leonardo Fibonacci, aveva dedicato a re Federico la sua ultima opera, il *Liber quadratorum*, e in cambio l'imperatore gli aveva mandato una serie d'indovinelli e quesiti matematici. Le due donne però si interessavano più agli amori di Lancillotto che ai numeri e alla geometria.

Melisenda intanto andava a caccia col falcone in compagnia del padre e del medico arabo. Le sembrava di essersi risvegliata da un brutto sogno ed era colma di riconoscenza per Bencivenni che si era addossato tutte le responsabilità della fattoria, lasciando libero messer Rinaldo di godersi la caccia e l'amicizia della figlia. Se le capitava di pensare alla crociata, cercava di allontanare quel pensiero come si fugge un incubo.

9

Dove Costanza si rimette in salute e l'imperatore anche. Ma per lui i guai non sono finiti.

Verso la fine di novembre il medico arabo dichiarò che, per quanto ancora molto debole, Costanza poteva considerarsi guarita. Non c'era più pericolo di contagio e quindi si potevano richiamare a casa le bambine.

Maestro Giovanni da Bologna era partito con pochi servi alla volta di Canosa, e Melisenda aspettava di ora in ora il ritorno della piccola comitiva. Era impaziente di rivedere le sorelle minori. Alice aveva ormai tre anni e Violante quasi due. A quell'età pochi mesi recano grandi cambiamenti. Forse la più piccola aveva imparato a parlare...

'Chissà se mi riconoscerà ancora?' pensava Melisenda, passandosi le mani fra i capelli che tardavano a ricrescere.

Anche Costanza si era alzata per accogliere le bambine e stava seduta accanto al caminetto acceso, pallida, magra, col viso affilato, avvolta in un mantello di pelliccia nonostante la mattina tiepida e soleggiata.

Oltre alle sorelle, aspettava con ansia notizie della crociata.

Nei primi tempi della convalescenza si era disperata, pensando che la spedizione fosse partita senza di lei. Poi un gruppo di viaggiatori di passaggio alla fattoria aveva portato la notizia della malattia dell'imperatore.

La partenza era già decisa quando re Federico si era ammalato. Appena avvertiti i primi sintomi del contagio, che aveva colpito anche il langravio di Turingia, suo luogotenente, il re aveva fatto salpare la nave e si era diretto al largo, nella speranza che l'aria di mare li guarisse. Ma il langravio si era aggravato. Delirava e, poiché era un uomo molto pio, si vedeva circondato da un fitto volo di colombe bianche. Fu necessario tornare a terra. Approdarono a Otranto, dove il langravio morì.

Anche il re era gravissimo, ma decise che la spedizione doveva partire lo stesso, al comando di Ermanno Di Salza, Gran Maestro dell'Ordine Teutonico. L'altro luogotenente, il duca di Limburgo, li aveva già preceduti in Outremer.

Mentre le navi facevano vela verso Oriente, re Federico fu trasportato a Pozzuoli, dove c'erano terme famose per curare tutti i mali.

Il Papa intanto tuonava contro di lui con encicliche e discorsi infuocati, accusandolo di fingersi malato per non partire. Si era rifiutato di ricevere due ambascerie mandate dall'imperatore che intendevano spiegargli la situazione e chiedere un rinvio, e minacciava anatemi e scomuniche.

Intanto in Outremer i baroni locali si dichiararono delusi per l'assenza dell'imperatore e si ritirarono dalla spedizione. Il duca di Limburgo, con i soldati rimasti, aveva cinto d'assedio le principali città della costa per preparare una base di sbarco al grosso delle truppe che sarebbe arrivato più tardi, ma non era riuscito a conquistarne nessuna.

Quanto a Gerusalemme, la città santa restava indisturbata in mano agli infedeli.

La crociata travolgente e vittoriosa, che a Brindisi sembrava pronta a spiccare il volo, era rimasta allo stadio di un'eroica intenzione.

« Anche il re guarirà » si consolava Costanza. « I bagni di Pozzuoli fanno miracoli e anche lui certamente è assistito da medici arabi, non da imbroglioni come messer Adelardo... E quando saremo guariti entrambi, in primavera, finalmente partiremo! È stata una fortuna che anche il re si ammalasse, altrimenti avrebbero conquistato Gerusalemme senza di me... »

Bencivenni rideva, pizzicava le corde della sua viola e intonava la prima strofa di una canzone molto in voga alla corte di re Federico:

« Madonna, dir vi voglio
como lo amor m'ha priso.
Inver lo grande orgoglio
che voi, bella, mostrate, e no m'aita... »

« Cambiate canzone, messere! Smettetela di beffarmi! » lo sgridava Costanza.

« I vostri desideri sono ordini! » rispondeva Bencivenni. « Se non vi piacciono i versi del notaro Jacopo da Lenoni, eccovi una strofa di messer Rinaldo d'Aquino, falconiere del re come vostro padre ». E attaccava:

« Gioco e riso mi levate
membrando tutta stagione
che d'amor vi fui servente.
Né della vostra amistate
non ebbi io anche guiderdone
se no un bascio solamente... »

« Smettetela, sciocco! Quando mai ho accettato i vostri omaggi e la vostra servitù? Quando mai vi ho dato un bacio? »

« Mai, purtroppo. Eppure vi commuovete quando

leggiamo insieme nel romanzo francese del bacio che Ginevra dette a Lancillotto... »

« Levatevi di torno, cantante da strapazzo! Voi non siete Lancillotto e io non sono Ginevra! »

« Peccato! Ho perso il sonno per voi, Costanza. Non ho più pace, né di giorno né di notte... »

« Perché siete impazzito! Andate a seminare il vento! Andate a far solchi nel mare! Piuttosto che ricambiare il vostro amore mi taglio i capelli e vado in convento! »

« I capelli li avete già tagliati per farvi cavaliere. E se vi fate suora, non temete, io verrò allo stesso convento e mi farò frate. Non riuscirete a liberarvi di me! »

« Devo essermi macchiata, senza saperlo, di peccati gravissimi, se Cristo mi castiga facendomi corteggiare da uno scellerato come voi! Andate a cercare altrove, Bencivenni, che la terra è grande. Troverete un'altra ragazza molto più bella di me! »

Ma Bencivenni pizzicava le corde della viola e cantava:

« Cercato aio Calabria, Toscana e Lombardia,
Puglia, Costantinopoli, Genoa, Pisa e Soria,
Lamagna e Babilonia e tutta Barberia:
donna non ci trovai tanto cortese
perché sovrana di meve ti prese ».

Costanza fremeva di rabbia, riconoscendo le parole del 'contrasto' di Cielo d'Alcamo, la canzone che tutti i giovanotti cantavano ironicamente alle ragazze che facevano troppo le preziose. Batteva il piede per terra e tirava addosso a Bencivenni la rocca e il fuso, mentre Alienor rideva e Selima si affacciava per vedere cosa stesse capitando.

Quel giorno, in onore dei viaggiatori, Selima aveva ordinato al cuoco lo scapece, e la comitiva arrivò giusto in tempo per il pranzo.

Ciascuno dei servi cavalcava con una bambina davanti a sé sull'arcione, e Fatima portava Nureddin, mentre Giovanni da Bologna andava avanti e indietro lungo il piccolo corteo sorvegliando anche i muli del bagaglio.

Melisenda corse sulla soglia incontro alle sorelle, seguita dalle donne di casa e da messer Rinaldo che, al rumore, aveva lasciato la voliera dei falconi. Le piccole erano in buona salute. Sibilla era più alta e le erano caduti due denti di latte; anche Violante era molto cresciuta: stava ormai ben salda sulle gambe e mostrava una fortissima somiglianza con la madre e con Costanza bambina, ma forse proprio per questo il padre e la sorella maggiore evitavano di starle vicino e la lasciavano tutta agli abbracci di Melisenda.

La più emozionata era Sibilla. Abbracciò il padre e le sorelle maggiori, poi chiese subito di Konrad. « Lo sposerò, quando sarò grande e lui sarà tornato da Outremer » annunciò con serietà alla famiglia.

« Mi parete un po' incostante, madonna » commentò maestro Giovanni. « Stamane vi ho sentito dire, mentre salutavate la badessa, che volevate prendere il velo ».

« E ieri » aggiunse Fatima, « avete promesso di sposare Nureddin. Decidetevi, dunque! »

« Credo che mi farò badessa » rispose la bambina. « È una posizione che mi si addice »

« Come fate a saperlo? Lo avete provato? » chiese divertita Melisenda.

« Sì che lo ha provato » spiegò Fatima. « È stato alla festa dei Santi Innocenti. Nei vostri monasteri c'è l'uso che l'ospite più giovane in quel giorno si vesta da badessa e diriga la comunità. Può ordinare quello che vuole e nessuno può disubbidirle. Sibilla era appunto la più giovane, perché le due piccole non stavano con le novizie. Dovevate vederla come stava bene con l'abito e il velo, e con quanta serietà interpretava la sua parte! »

« Un'altra figlia che scopre presto la sua vocazione! » commentò messer Rinaldo.

« Non è detto » intervenne Bencivenni. « Anch'io a sette anni fui nominato 'vescovino' nel giorno della Epifania... Ero così felice di andare in capitolo e comandare a bacchetta tutti i preti e i canonici, vescovo compreso! Gli ho fatto fare le cose più assurde, li ho fatti coprire di ridicolo e il popolo si divertiva alle loro spalle. Ma non per questo, crescendo, ho mai pensato di prendere gli ordini. No, il celibato non fa per me! Mi piacciono troppo le belle dame. Specialmente quelle bionde e sgarbate! »

Costanza fece finta di non sentire, ma tutti gli altri ridevano sotto i baffi.

« E poi, Sibilla, cos'altro avete fatto di bello, al convento? » s'informò Melisenda.

« Oh, ci siamo divertiti tanto, Nureddin e io! Le suore avevano molti animali: gatti, falchetti, scimmie ammaestrate, conigli, cagnolini da tenere in grembo... Ci giocavamo tutto il giorno. Una volta un cane è fuggito a suor Berengaria durante la funzione e ha fatto cadere il prete sull'altare. Dovevate vedere come ridevano le monache! Era simpatica, suor Berengaria. Assieme alle altre suore giovani, faceva tanti scherzi... E lo sapete, sorella, che quando una monaca non recita bene gli uffici divini, viene un diavolo incaricato da Satana di portar via le parole perdute? »

« Come sarebbe? Quali parole perdute? »

« Se qualcuno, recitando i Salmi, salta un verso, biascica le parole, borbotta, si distrae... arriva questo demonio che si chiama Tittivillus. Gira nel coro passando da un banco all'altro con una gran borsa appesa al collo, e ci mette dentro tutte le lettere, le sillabe, le parole, le frasi dimenticate ».

« Lo conosco anch'io, quel demonio! » esclamò maestro Giovanni. « Frequenta anche i copisti. Nella sua sporta raccoglie le parole non scritte, oltre a quelle non dette. Se un copista, ricopiando una antica pergamena, salta una riga, dimentica una lettera o una parola, zac!, c'è pronto Tittivillus che l'afferra e la mette in borsa ».

« E poi cos'altro avete fatto? » insisteva Melisenda.

« Abbiamo mangiato tante cose buone. Tutti i sabati le monache preparavano dolci, sorbetti, frutta candita perché era giorno di visite... Si ballava e si cantava con i nobili visitatori e l'indomani le suore più giovani litigavano a spintoni e gomitate sulle scale. Però erano anche molto devote. Pregavano otto volte al giorno. Mattutino, Lodi, Prima, Terza, Sesta, Nona, Vespri e Compieta: questi sono gli uffizi divini di una giornata. Cominciano due ore dopo la mezzanotte – che fatica a svegliarsi, povere suore! – e durano fino al tramonto ».

Quando il primo cicaleccio delle bambine si fu calmato, maestro Giovanni fece un cenno al falconiere. « Io porto da Canosa una notizia ben più grave e importante » disse. « Tutto il regno ne parla da qualche giorno e la gente è disorientata ».

« Cos'è successo dunque? Di Salza è ritornato? Il duca di Limburgo è stato ucciso dagli infedeli? »

« No. Il Papa ha scomunicato l'mperatore ».

« Ma perché? L'esercito è partito ugualmente e re

Federico non ha rotto il giuramento di Cassino. Se non è partito anche lui, è perché era ammalato, ma appena ristabilito raggiungerà i suoi».

«Il Papa non ci crede. Dice che si tratta di un'ennesima scusa per continuare indisturbato la sua vita di miscredente vizioso... Lo accusa di ogni sorta d'inganni. Addirittura sostiene che ha fatto accampare apposta i crociati nel porto malsano di Brindisi per farli ammalare, che ha tagliato i rifornimenti di viveri perché la fame aiutasse l'epidemia... Però non fa parola della defezione dei suoi amici, i Comuni Lombardi, che si sono guardati bene dal mandare i quattrocento cavalieri promessi».

«Be', pazienza. Le cose si aggiusteranno, com'è sempre accaduto. Però l'imperatore dovrà umiliarsi per tornare in seno alla Chiesa. Povero re Federico! Dovrà fare penitenze, digiuni a pane e acqua, processioni in abiti laceri, scalzo e col cero acceso in mano... lui, così orgoglioso! Chissà se accetterà questa vergogna».

«È il Papa che non accetta la sua penitenza. Il re si è già offerto di compiere i riti penitenziali per farsi levare la scomunica. Ha promesso di partire a maggio, appena riuscirà a stare in piedi, è disposto a tutto. Ma Gregorio non vuole accettare il suo pentimento. Non gli basta».

«Cosa vuole, dunque?»

«Quello che hanno sempre voluto tutti i Papi da quando re Federico è nato, sotto la tenda, nella piazza principale di Jesi. Vuole il Regno di Sicilia. Se il regno pontificio si trova chiuso a nord dai regni tedeschi e a sud dalla Sicilia, entrambi comandati dallo stesso sovrano, il Papa ha paura di non riuscire più a dominare tutta l'Europa. Federico deve accontentarsi dell'impero tedesco, cedere il Regno di Sicilia e metterlo sotto la tutela pontificia... »

« Ma ci è nato! È cresciuto fra queste città e queste campagne! La sua Puglia, la sua dolce Capitana... E poi l'isola degli antenati normanni: Palermo, Messina, i palazzi di re Ruggero, i giardini... Non accetterà mai! »

« Infatti non accetta. E si tiene la scomunica ».

« Ma è gravissimo! » intervenne Costanza. « La scomunica scioglie tutti i principi, i baroni, i vassalli, i sudditi cristiani dal giuramento di fedeltà all'imperatore. Nessuno gli ubbidirà più. Sarà abbandonato da tutti. Resterà solo e indifeso come il più povero e il più sconosciuto dei suoi contadini ».

« I suoi non lo abbandoneranno. È su questo che conta. Qui si tratta di scegliere tra il Papa e l'imperatore e molti ne hanno abbastanza del potere temporale della Chiesa ».

« Ma non potrà più andare in Outremer! » protestò Costanza col pianto nella voce. « Uno scomunicato non può guidare una crociata ».

« Questo no » convenne messer Rinaldo, « il re non può più rappresentare gli ideali – o gli interessi, se preferite – del popolo cristiano. E se non va lui, certamente Papa Gregorio non manderà altri. Con la scomunica, il capitolo crociata è davvero chiuso ».

« E appena l'imperatore torna a Foggia, io dovrò lasciarvi e andare a riprendere il mio posto a corte. Verrò a trovarvi ancora, però... Foggia non è molto lontana » disse Bencivenni con aria mesta.

« Andate, dunque! Andatevene anche domani! » gli gridò amara Costanza. « Qui non sappiamo cosa farcene di cortigiani che preferiscono le canzoni e le danze alla gloria militare! »

Melisenda cercò di trattenerla per la veste, ma Costanza scappò piangendo a chiudersi nelle sue stanze e non scese più. A tavola la sua razione di scapece se la mangiò Giovanni da Bologna.

Verso sera Alienor entrò in punta di piedi nella camera della ragazza. Costanza si era assopita, ma il suo cuscino era ancora bagnato di lacrime. Le era tornata un po' di febbre, che le accendeva le guance come se avesse corso nei prati tutto il giorno. Per terra, a fianco del letto, giaceva un libro aperto e spiegazzato. Alienor lo raccolse sospirando di disappunto, ne lisciò le pagine col palmo della mano, lo chiuse per riporlo nello stipo e, mentre lo metteva via, ne lesse il titolo: era *Perceval ou le conte du Graal*, di Chrétien de Troyes.

Al rumore delle pagine sfogliate, Costanza aprì gli occhi e guardò la bambinaia. « Perdonami, Alienor » disse con voce tremante. « Per me è tutto finito e non posso nemmeno più aiutarti a ritrovare quello che hai perduto ».

« Non piangere, Costanza. Da molto tempo ho capito che era inutile andare in Outremer. La paura per la vostra salute, l'angoscia nel vedervi moribonda, mi hanno fatto tornare lentamente il senno, non ve ne siete accorta? Continuavo a parlare con voi del viaggio per non contraddirvi, per calmarvi durante il delirio e per non turbare la vostra convalescenza. Ma sapevo che era un'impresa inutile. Ieri notte ho sognato mio fratello: era un bambino, più piccolo dell'ultima volta che l'ho visto. E, nel sogno, io ero una donna e lo tenevo in braccio, come facevo con voi ad Aquisgrana, Costanza. Era tutto bagnato e io pensavo: 'Bisognerà cambiargli le fasce', ma Honfroi mi ha detto: 'È acqua marina, sorella. Non cercarmi più. Da molti anni dormo tranquillo in fondo al mare, vicino all'isola dei sardi. Ho raggiunto la Gerusalemme celeste e riposo in pace'. Era così sereno, col suo dolce viso rotondo di bambino, e mi si è addormentato in braccio! Vedete che non è più necessario che andiate per me in Outremer, Costanza. Siete giovane, bella, ricca, intelligente... Vivete la vostra vita, cercate la vostra felicità qui, a Minervino ».

PARTE QUINTA

1228-1229 - Chi parte e chi resta

1

Dove finalmente la flotta imperiale salpa per Outremer e assistiamo alla partenza di messer Rufo e sua figlia.

« E così, alla fine, siamo partiti davvero! » disse messer Rinaldo, mentre affacciato alla murata della nave guardava la costa di Brindisi farsi sempre più lontana e confusa nella foschia estiva. « Ci sono voluti tredici anni, ma finalmente re Federico ha mantenuto la promessa fatta quel giorno ad Aquisgrana! »

« Addio, dolce Puglia! I tuoi figli migliori ti lasciano e vanno in Outremer a liberare il Sepolcro di Cristo! » esclamò ironico Bencivenni, che stava affacciato al suo banco e agitava ancora la mano in segno di saluto, anche se ormai le figure della gente rimasta sul molo a guardarli partire non si distinguevano più...

« Io mi chiedo come faremo a liberarlo » disse preoccupato Konrad. « Credo che raramente si sia vista partire una crociata più malmessa della nostra! »

« Perché dite malmessa? » protestò Bencivenni. « Non abbiamo forse tutti armi e armature di ottima qualità, forgiate a Lucera? Le migliori d'Europa, le più robuste, le più eleganti! Niente a che fare con quella carcassa che volevo vincervi la prima volta che ci siamo incontrati, in quel dannato torneo! »

« Anche quella corazza era stata fatta a Lucera, dall'armaiuolo Atabèk, marito di Selima. E se non la porto più, è perché sono ancora cresciuto e non mi va più bene. Ma non parlavo dell'equipaggiamento » sospirò Konrad, con quell'espressione grave che gli era rimasta da quand'era bambino. « Parlavo del numero dei soldati. Siamo soltanto mille cavalieri e diecimila fanti, ci pensate? Tant'è vero che bastano solo quaranta galee a trasportarci... E le truppe del sultano, dicono, sono numerosissime... »

« Non dimenticate i cinquecento cavalieri, che ci hanno preceduto in Terrasanta al comando del marescalco Riccardo Filangieri... E in più ci aiuteranno i baroni d'Oltremare. Considerate che sono anch'essi vassalli dell'imperatore. Ora che la regina Jolanda è morta e il principe Corrado non ha ancora due mesi, Federico è re di Gerusalemme in nome del suo secondogenito in fasce, e i baroni devono aiutarlo ».

« Su quelli non farei troppo affidamento » disse Guglielmo sgranocchiando una galletta durissima e innaffiandola di vino. (Ottimo rimedio contro il mal di mare, gli aveva suggerito maestro Giovanni da Bologna). « Non credo che il mio prozio Boemondo e i suoi figli avranno voglia di lasciare il lusso del loro palazzo di Antiochia per venire a combattere con noi ».

« Ma devono farlo! I cristiani d'Oltremare sono i più minacciati dalla presenza dei musulmani in Palestina... »

« Ormai si sono abituati ad andarci d'accordo. Sono tanti anni che vivono fianco a fianco! Probabilmente gli facciamo più paura noi cristiani d'Europa, che ci muoviamo per andare a mettere il naso nei loro affari! Comunque avete ragione, Konrad. Non siamo un esercito in grado di sconfiggere i saraceni. Lasciatevelo dire da me, che ho fatto il mio apprendistato coi Cavalieri Teutonici e di guerra me ne intendo! »

« D'altra parte sono tutti i soldati che il re è riuscito a mettere insieme, e a questo punto non poteva più fare a meno di partire » disse messer Rinaldo. « La sua disputa col Papa era andata troppo oltre. Gregorio IX ha messo finalmente le carte in tavola: non è Gerusalemme che gli interessa. Altrimenti avrebbe sciolto l'imperatore dalla scomunica visto che, una volta guarito, sta finalmente mantenendo il giuramento di Cassino. Invece, sotto sotto, il Papa non vuole questa crociata, che aumenterebbe il prestigio e il potere dell'imperatore. Ha rifiutato di ricevere tutte le ambascerie, persino l'ultima, guidata dal venerabile arcivescovo Alberto di Magdeburgo; ha ribadito pubblicamente la scomunica e ha sciolto i baroni dall'obbligo di pagare la tassa speciale per la crociata. Se ci avesse tenuto, a Gerusalemme, li avrebbe invitati a ubbidire, non vi pare? »

« Certo che era una tassa ben pesante! » commentò Guglielmo. « Otto once d'oro e l'ottava parte del mantenimento di un soldato per tutta la durata della spedizione... Per i nobili squattrinati come mio padre è stato un bel colpo! »

« D'altronde, da qualche parte i soldi bisognava trovarli, non vi pare? » disse Bencivenni. « Tanto si sa che poi i nobili si rifanno coi vassalli e questi con i contadini... Tant'è vero che i baroni non hanno ubbidito al Papa e hanno pagato lo stesso... »

« Sì, anche perché il re non era rimasto senza reagire. Sapete bene che ha proibito di celebrare le funzioni sacre a tutti i prelati che accettavano le imposizioni papali. Ha fatto confiscare i loro beni. Persino quelli dei Templari e degli Ospedalieri, che gliel'hanno giurata a morte » disse messer Rinaldo.

« Fortunatamente noi Teutonici gli siamo rimasti fedeli » commentò Guglielmo. « E vedrete che anche gli altri due ordini combattenti non prenderanno una posizione chiara, ma staranno a vedere chi vince, per mettersi subito dalla sua parte... »

« Comunque, siamo partiti! » esclamò messer Rinaldo offrendo il viso al vento che gonfiava la vela della galea. « I vescovi e i principi inglesi sono venuti tutti, coi loro uomini! Con noi navigano le truppe musulmane di Lucera, famose in tutto il mondo per coraggio e valore. I veri amici del re ci sono tutti, come quindici anni fa, quando siamo partiti quasi di nascosto dalla Sicilia per accompagnarlo a farsi incoronare in Germania. Anche allora, chi avrebbe scommesso un tarì sulla riuscita della nostra impresa? Re Federico aveva diciassette anni, nessuna esperienza, nessuna protezione... Mille altri pretendenti tedeschi aspiravano alla corona imperiale... Noi del seguito non eravamo più di sessanta, e tante volte ce la siamo vista brutta durante il viaggio. Come quella volta che, per sfuggire a un agguato dei milanesi e rifugiarci a Cremona, dovemmo passare di notte il fiume a nuoto su cavalli senza sella, tanto che lassù dicono ancora che 'il re chierico si è lavato le mutande in Lambro'! Che giovani e che incoscienti eravamo, allora! Soprattutto la mia dama, col peso di Costanza che già stava per nascere! Però sono contento che il re abbia lasciato un altro falconiere in Puglia e abbia deciso di portarmi con sé anche stavolta, perché impari dagli arabi le ultime tecniche dell'arte della falconeria. Sarà forse un'avventura pericolosa, questa crociata, come teme Konrad, ma a me sembra di essere ringiovanito di vent'anni! »

« Siete allegro, oggi, messere! » commentò Bencivenni. « L'aria di mare evidentemente vi mette di buonumore e allontana le malinconie. Anche il re, dicono, è sereno e disteso, ridente come se fosse in procinto di partire per una caccia col falcone! »

« Sarà il sangue dei nostri antenati vichinghi! Noi normanni non eravamo sedentari, un tempo... Correvamo i mari, vedevamo paesi nuovi, conquistavamo castelli e città. Nessuno ci resisteva! Eravamo i più forti combattenti del mondo! »

« Be', oggi non siamo né i più forti né i più numerosi, e mi chiedo quale pazzia abbia colpito l'imperatore. È voluto partire lo stesso, nonostante la scomunica. Si sta giocando tutto, con questa impresa » insistette Konrad. « La gloria, la fiducia dei vassalli, il denaro, il regno... È il primo principe scomunicato che osi guidare una crociata. Non può permettersi di perderla... E invece credo proprio che stiamo andando incontro a una bella sconfitta, a una seconda Damietta! » concluse sconsolato.

« Konrad, smettetela di fare l'uccello del malaugurio! » lo sgridò Bencivenni. « Ma siete proprio stupido? Non vi siete guardato attorno? Non avete visto che a bordo c'è il camerlengo imperiale, Riccardo, che è nato saraceno e sta col re da vent'anni? Non avete visto che c'è il maestro di dialettica di re Federico: Ibn-el-Gwasi, musulmano di Palermo? E che le truppe meglio armate sono quei saraceni di Lucera che, col permesso dell'imperatore – l'*imberadour*, come lo chiamano loro – continuano a pregare tutti i giorni nelle loro moschee? E non ricordate, sciocco di un ragazzo, che quest'inverno alla corte di Foggia l'ospite più importante era l'emiro Fakhr al-Din ibn as-Shaikn, consigliere e ministro del sultano Al Kamil, e grande amico di re Federico? Si conoscevano già da due anni e la grande curiosità per la scienza e la filosofia che avevano in comune aveva fatto nascere in entrambi simpatia e fiducia. Ma quest'ultimo inverno hanno stretto talmente la loro amicizia che re Federico ha nominato cavaliere l'emiro. Pensate, cavaliere un seguace di Maometto! E in più lo ha autorizzato a indossare lo stemma degli Hohenstaufen come se fosse un suo parente, come un vero nobile tedesco battezzato! Cosa significa tutto questo, secondo voi? »

Konrad batté le ciglia, frastornato.

« Significa » gli spiegò pazientemente messer Rinaldo, « che forse per conquistare Gerusalemme l'imperatore userà le parole e non la spada. Che coprirà i nemici di regali e di cortesie, non di sangue e di ferite ».

« Per questo allora anche Ermanno Di Salza è tanto allegro e fiducioso, nonostante la debolezza dell'esercito! » esclamò sollevato Konrad. « Forse queste belle armature ci serviranno solo per farci ammirare nelle strade e nelle chiese di Gerusalemme! Dunque non stiamo andando al massacro, come i bambini della crociata di Alienor! In un modo o nell'altro, il Sepolcro di Cristo tornerà ai cristiani... Perdonatemi, messer Rinaldo! Io vi avevo così biasimato perché avete permesso a vostra figlia di accompagnarci! »

« Konrad, Konrad, lo so che siete come un cane da pastore per le pecore matte della nostra famiglia! Lo so che avete promesso a madonna Yvette di vegliare su tutti noi... Ma non state a preoccuparvi tanto. Mia figlia non viaggia sola, allo sbaraglio, come l'altra volta. Ci sono io al suo fianco. Perché negarglielo, se lo desiderava tanto? Anche lei ha sangue vichingo nelle vene. Sta arrivando: eccola! Osservate, mentre si avvicina, come cammina salda sul ponte, come regge il rullio della nave... »

Soffiava un vento impetuoso, che gonfiava le vele latine e spingeva veloce verso oriente la flotta crociata. Erano al largo, ormai, e la galea aveva cominciato a ballare. I mantelli dei cavalieri schioccavano frustando l'aria e bisognava stringerseli addosso per ripararsi dal freddo e dagli spruzzi.

Messer Rinaldo sorrise, vedendo la figlia vacillare a una raffica e riacquistare l'equilibrio: « Venite a tranquillizzare il vostro amico Konrad! » le gridò, facendosi un imbuto con le mani intorno alla bocca per vincere il rumore del vento.

« Eccomi! Di cosa temete, Konrad? Non è meraviglioso navigare finalmente verso Outremer? » esclamò ridente la ragazza.

Il vento s'infilò sotto la sua cuffia e liberò una ciocca di capelli che prese a sbatterle sul viso. Era una ciocca rossa, e sul polso della ragazza si teneva in equilibrio uno sparviero grigio.

« Non soffrite di mal di mare, voi, Melisenda » osservò Bencivenni. « Temo che balleremo, e forte, durante tutta la traversata. Per fortuna Costanza è rimasta a casa ».

2

Dove Costanza è disperata e la vista del suo sconforto fa venire un'idea a qualcuno.

Costanza era ancora sul molo di Brindisi a sventolare il suo velo blu trapunto d'argento verso le galee che ormai andavano scomparendo a una a una dietro la linea dell'orizzonte. Quando anche l'ultima vela fu inghiottita dalla striscia sottile che separa mare e cielo, Costanza si gettò fra le braccia di Alienor e si mise a singhiozzare.

« Che sciocca ragazza siete » disse la bambinaia, picchiandole affettuosamente la mano sulla schiena come quando era piccola e voleva aiutarla a mandar giù il latte. « Cosa c'è da piangere? Torneranno presto, e potevate partire anche voi, se lo desideravate tanto ».

« No, il re ha portato mio padre espressamente perché studi le abitudini dei falconieri saraceni, non per combattere. In questo incarico gli sarà molto più utile Melisenda. E poi, cosa sarei andata a fare, io, ora che non c'è più speranza di ritrovare tuo fratello? Per visitare i regni di Outremer, per pregare sul Santo Sepolcro, tu dici. Ma se fossimo andate entrambe, chi avrebbe badato alle bambine? Ti ho confidato, Alienor, che da quando il mio fidanzato di Palermo è morto durante la grande epidemia dell'anno scorso, ho deciso che non mi sarei mai sposata e che sarei rimasta a governare la casa di nostro padre. Tanto vale che cominci adesso! Così al suo ritorno Melisenda potrà andare a corte e godersi i suoi falchi e le sue discussioni erudite.

Non è giusto che si sacrifichi per noi. In fondo sono io la figlia maggiore! »

« Come sembrate savia, oggi, madonna Costanza! » osservò Selima, ridendo fra le lacrime. (Anche lei aveva appena salutato Atabèk che partiva con l'imperatore). « Che siate cresciuta, finalmente? »

« Ho sedici anni, ormai » rispose offesa la ragazza. « Alla mia età tante donne sono già madri di molti figli... »

« Come quell'infelice della regina Jolanda, che giusto a sedici anni ha dato alla luce il principe Corrado e dopo sei giorni è morta. E il re non l'ha fatta nemmeno seppellire nel duomo di Palermo, dove c'è la prima moglie, dove ci sono i suoi genitori... No, Jolanda è sepolta tutta sola ad Andria. Ha una tomba da regina, ma quando era viva nessuno le ha mai voluto bene. Nessuno ha mai scherzato o riso con lei... Cosa le è valso essere regina di Gerusalemme? Il padre l'ha usata per rinforzare le sue alleanze politiche. Il marito soltanto per avere un erede che gli desse dei diritti anche su Gerusalemme... »

« E ditemi » chiese pettegola una donna della folla che non si decideva a tornare a casa, « è vero quello che si dice in giro? Che non sono passati due mesi dalla morte della seconda moglie e già il re pensa di sposarne una terza? »

« Non ci risulta... » rispose Alienor. « E chi sarebbe la prossima fidanzata? »

« Qui a Brindisi parlano di Bianca, la nipote di messer Lancia di Vercelli. È venuta anche lei al porto con la famiglia a salutare i crociati! »

« Ma se non ha ancora quattordici anni! » protestò Costanza.

« Jolanda non ne aveva di più, quando arrivò da

Outremer per sposare re Federico» obiettò Alienor. «È un'età giusta per andare a marito. Siete solo voi, le figlie di casa Rufo, che lasciate passare il tempo perdendovi dietro altre chimere e trascurando la cosa principale per una donna: sistemarsi con un buon matrimonio!»

«Proprio tu mi dici questo, Alienor, che in ventotto anni non hai mai voluto prendere marito! Forse ha ragione Sibilla, quando dice che è meglio farsi monaca».

Alle donne del porto però non interessavano i progetti delle ragazze Rufo, e riportarono l'argomento su Bianca Lancia. «Io credo che non la sposerà...» disse una borghese riccamente vestita. «È una bella ragazza, ma i capelli biondi non bastano a fare una regina. Appartiene a una famiglia di piccola nobiltà. Non hanno denaro né grossi possedimenti. Se la si vede a corte con le vesti di seta e i mantelli bordati di martora e zibellino è solo grazie alla generosità del re, che la tratta come un giocattolo da quando era piccola così... Ma come moglie, gli serve una donna di rango, una figlia di re. L'Inghilterra, la Francia, la Spagna non hanno abbastanza principesse che portino nel nostro regno ducati e alleanze?»

«Be', staremo a vedere! Comunque madonna Lancia è bella come un fiore e l'imperatore le sta sempre attorno e la ricopre di doni, di omaggi, di poesie e di attenzioni, tanto che a corte tutti i maligni hanno cominciato a mormorare...»

Intanto erano arrivati i cavalli coi servi che dovevano riaccompagnare a Minervino le donne di casa Rufo. Mentre l'aiutavano a montare a cavallo, Costanza continuava a singhiozzare.

«Qual era il vostro innamorato?» chiese argutamente uno sconosciuto che si era avvicinato coi servi.

« Vi ho vista salutare tre cavalieri: il giovane tedesco, il figlio del barone di Minervino e il cortigiano di Foggia... Quale dei tre vi ha spezzato il cuore e vi fa versare tante lacrime? »

« Nessuno » rispose Alienor. « Non lo sa neanche lei perché piange. E voi, comunque, non vi immischiate! Non sappiamo nemmeno il vostro nome e cosa ci fate coi nostri servi ».

Lo sconosciuto si presentò. Si chiamava Rinaldo d'Aquino ed era il falconiere lasciato in Puglia dall'imperatore per sorvegliare i suoi rapaci. Era già d'accordo con messer Rufo che più avanti si sarebbe recato a visitare anche le voliere della fattoria. Girava col salvacondotto dell'imperatore e conosceva Giovanni da Bologna. « Potete fidarvi di me » insistette, commosso e divertito dalla disperazione di Costanza. « Anzi, ditemi se posso aiutarvi in qualche modo... E non venite a raccontarmi che qui sotto non c'è una storia d'amore, perché non ci credo » disse accomiatandosi.

Poi guardò la ragazza che si allontanava a cavallo fra le sue donne e i servi, così bionda e delicata, così fragile, curva sotto il peso del dolore... E l'immagine gli si fissò nella memoria, cominciando a lavorare piano piano, a chiamare a raccolta altre immagini, a radunare parole, e musiche, e suoni e ritmi ed emozioni difficilmente esprimibili a voce...

Il falconiere Rinaldo d'Aquino era un poeta e, dopo qualche mese, Costanza ricevette in dono un cesto di datteri accompagnato da una pergamena e da un messaggio. Il falconiere d'Aquino la pregava di accettare la canzone che la vista di Costanza al porto di Brindisi gli aveva ispirato. Si scusava che la composizione fosse in volgare, « ma noi della corte di re Federico non poetiamo più in latino » concludeva.

«Non andate a leggervela da sola in un angolo, come siete solita fare con le nuove canzoni!» strillò Sibilla. «Anche noi vogliamo sentire. Anzi, se permettete, la leggerò io, per dimostrarvi come ho imparato bene e per fare onore al mio maestro».

Allora Giovanni da Bologna radunò le sue allieve, chiamò le serve, prese in braccio Violante che dava segni d'irrequietezza, e tutti si disposero ad ascoltare.

Sibilla svolse la pergamena e cominciò a leggere con qualche difficoltà, cercando ogni tanto con gli occhi lo sguardo di incoraggiamento del maestro:

«Già mai non mi conforto
né mi vò ralegrare,
le navi sono al porto
e vogliono collare.
Vàssene lo più giente
in terra d'oltra mare
ed io, lassa, dolente,
como degg'io fare?

Lo' mperador con pace
tutto il mondo mantene;
ed a me guerra face
che m'ha tolta mia speme.
Oi alta potestate
temuta e dotata,
la dolze mio amore
vi sia raccomandata!

Le navi sò alle celle
in bon'or possano andare,
e lo mio amor con elle,
e la gente che v'a a andare.

O Padre Criatore,
a porto le conduce,
che vanno a servidore
della tua santa Cruce!

Peri ti priego, Dolcietto,
che sai la pena mia
che men facie un sonetto
e mandilo in Soria:
ch'io non posso abentare
la notte né la dia.
In terra d'oltra mare
istà la vita mia! »

« Niente male! » commentò maestro Giovanni quando la bambina ebbe terminato. « Proprio quello che avrei scritto io, se madonna Alice non mi facesse dannare tutto il giorno col latino, costringendomi a trascurare la poesia! Vi prego di osservare, damigelle, che anche usando il volgare si possono scrivere canzoni cortesi... »

« Perché scrive *la* dolze amore e non *lo*? » chiese Sibilla.

« Perché i primi a scrivere d'amore in volgare furono i trovatori provenzali e, nel paese di vostra madre, l'*amour* cortese è parola femminile ».

« Io non ho capito cosa vogliono fare le navi, all'inizio » disse Alice. « Cosa significa 'collare'? »

« Significa tirare le funi per alzare le vele. Funi, nel linguaggio dei marinai, si dice 'colle', e le 'celle' sono i posti assegnati nel porto a ogni nave ».

« Io vorrei che mi spiegaste un'altra cosa, maestro » chiese ancora Sibilla. « Chi è 'la dolze amore' che è andato in Siria – il poeta scrive Soria – e a cui dobbiamo spedire questo sonetto? »

« Eh! » sospirò maliziosamente Giovanni da Bologna. « Chi sarà 'la dolze amore' che fa sospirare madonna Costanza? Osservate che il poeta scrive 'abentare', cioè 'non avere pace', né di notte né di giorno... Questo è il vero problema! Io credo però di essere sulla pista buona ».

« Cosa sapete! Ditecelo! Di chi è innamorata Costanza? » chiese subito Sibilla, che non sopportava di essere esclusa da qualche segreto.

« Tacete! Intrigante e pettegolo! Pensate ai casi vostri! Vi farò frustare a morte se dite qualcosa » esclamò furibonda Costanza. Selima, Alienor, Fatima e le altre donne ridevano, ma Sibilla aspettava con grande serietà la risposta del maestro.

« Ahimè, quando si legge troppe volte insieme 'di Lancillotto, e come amor lo strinse', si rischia di bruciarsi le penne, eh, colombella? »

Costanza, offesa, strappò di mano a Sibilla la poesia e corse a rileggersela in pace nell'agrumeto, sotto il gelsomino spagnolo di sua madre.

3

Dove è passato un anno, e nel frattempo sono successe molte cose nel Regno di Sicilia e in Outremer.

La sera del 13 giugno 1229, all'imbrunire, quando Giovanni da Bologna fece il giro della fattoria con pochi servi fidati per controllare che tutto fosse tranquillo e chiudere le porte, nessuno in casa si era ancora accorto della scomparsa di Violante.

C'erano motivi di preoccupazione molto più gravi delle scorribande in giardino di una bambina di quattro anni! Già da qualche tempo la Puglia era invasa dalle truppe dello Stato della Chiesa, guidate dal vecchio Giovanni di Brienne. Il padre di Jolanda non aveva mai perdonato all'imperatore suo genero di non avergli lasciato portare il titolo di re di Gerusalemme finché era in vita, come aveva promesso Ermanno Di Salza nel combinare il matrimonio, ed era passato dalla parte del Papa, cercando di danneggiare re Federico in tutti i modi possibili.

C'erano anche truppe mandate dai comuni lombardi, che dai tempi del Barbarossa non aspettavano che di vendicarsi degli Hohenstaufen ed erano accorsi subito al richiamo del Papa. E oltre ai soldati dichiaratamente nemici, che saccheggiavano le fattorie, uccidevano gli uomini, bruciavano i raccolti e rubavano il bestiame, paesi e campagne pullulavano di strani personaggi: frati mendicanti, giullari e vagabondi d'ogni razza che andavano in giro a sobillare il popolo contro l'imperatore, spargendo ogni sorta di menzogne. Già alcune città della Puglia si erano ribellate, avevano ucciso o cacciato i funzionari imperiali ed erano passate dalla parte del Papa. Invano il rappresentante lasciato da re Federico, il duca Rinaldo di Spoleto, cercava di opporsi.

I nemici dell'imperatore avevano approfittato del momento giusto: la maggior parte degli uomini validi erano in Outremer con la crociata, e quei pochi che restavano mancavano di un capo, di un'organizzazione militare, di qualcuno che sapesse accendere negli animi fuochi di entusiasmo... Chi mai poteva prevedere che i fratelli cristiani confinanti avrebbero invaso il regno proprio mentre il re era in Oriente a combattere per la cristianità? Solo negli Abruzzi si resisteva agli uomini del Papa e la città di Capua teneva duro, nonostante fosse sottoposta a un assedio durissimo. Quando le truppe pontificie avevano invaso la prima volta la loro regione, Giovanni da Bologna, unico uomo maturo rimasto in casa Rufo con le donne e le bambine, aveva pensato di chiedere rifugio al castello del barone. A cosa servono i castelli, se non a queste necessità? Perché si giura fedeltà al barone, si pagano le decime, si fanno le corvée? In cambio della sua protezione nel pericolo.

Ma il barone di Minervino aveva fatto sapere che non era in grado di proteggere nessuno. Tutti i suoi uomini avevano seguito suo figlio Guglielmo alla crociata, e lui stesso, vecchio e stanco, pensava di abbandonare il castello agli invasori e di mettersi sotto la protezione dell'abbazia di Cassino.

Visto che da quella parte aiuto non ne poteva arrivare, maestro Giovanni pensò di chiedere asilo al solito convento di Canosa, che aveva accolto altre volte le donne di casa Rufo. Ma il convento era già stato occupato dalle truppe pontificie, che avevano imprigionato la badessa e avevano vietato alle monache di aiutare i fedeli di re Federico.

Ma di tradire l'imperatore, alla fattoria non ci pensava nessuno! Piuttosto avrebbero cercato di difendersi da soli con i pochi servi rimasti e con un gruppetto di parenti di Fatima e di Selima accorsi da Lucera per aiutare le donne nei lavori agricoli e nella custodia della fattoria: erano in tutto una ventina di uomini, compreso maestro Giovanni, che ormai non si reggeva più bene sulle gambe a causa del vino, e Nureddin, che aveva solo nove anni e non riusciva a sollevare la pesante scimitarra damaschinata fornitagli da uno dei parenti saraceni.

Costanza andò a ripescare la vecchia corazza e le armi del nonno Tancredi e le sistemò nell'atrio, per poterle indossare subito in caso di necessità...

Anche Sibilla voleva collaborare alla difesa della famiglia e Nureddin le insegnava a tirare con l'arco: il corto e maneggevole arco dei saraceni. « Se ci arrampichiamo ciascuno su una delle due torri » le diceva, « possiamo tenere a bada per qualche tempo chiunque cerchi di entrare dal portone principale ».

Le donne non arrivavano a tanto, ma avevano ammucchiato nel cortile le falci, le vanghe, i forconi per il fieno, ed erano ben decise a impedire l'ingresso di qualsiasi soldato papale.

Fino allora, però, non erano mai stati minacciati direttamente. Arrivavano notizie di razzie e di saccheggi nelle campagne confinanti, ma la fattoria dei Rufo era troppo vicina al castello, e forse gli uomini del Papa ancora ignoravano che il barone non era più in grado di difendere i suoi.

Altra grande fonte di preoccupazione era la mancanza di notizie recenti da Outremer. Nei primi mesi erano arrivati con regolarità messaggeri con lettere e informazioni. Si sapeva che l'esercito era sbarcato felicemente a San Giovanni d'Acri il 7 di settembre, dopo che re Federico aveva passato il mese di agosto a Cipro a procurarsi prestiti in denaro, alleanze e garanzie di fedeltà dai baroni di laggiù; e si sapeva pure che, una volta sbarcato, aveva subito rimandato indietro in Italia un'ambasceria per annunciare al Papa il compimento della promessa. Finalmente l'imperatore aveva messo piede in Terrasanta.

A questo punto tutti si aspettavano che, automaticamente, la scomunica perdesse valore, visto che era caduto il motivo che l'aveva provocata.

Ma il Papa non ricevette gli ambasciatori. Ignorò completamente le loro richieste e la loro stessa presenza. Anzi, mandò a sua volta in Terrasanta dei frati minori francescani che ammonissero soldati e pellegrini di non ubbidire al re scomunicato, di non seguirlo, di non combattere per lui.

Federico intanto non si era affrettato a marciare in armi contro Gerusalemme. Si era stabilito in un castello a San Giovanni d'Acri e aveva inviato due ambasciatori al sultano, mandandogli a dire che voleva trattare, non spargere sangue innocente.

Il bello è che nel frattempo il feroce sultano di Gerusalemme, Al Muazzam, era morto e, dopo una serie di liti in famiglia, ora regnava sulla Città Santa il sultano del Cairo, Al-Kamil, con cui re Federico aveva da tempo buoni rapporti diplomatici, anche se non si conoscevano di persona.

Al-Kamil non solo accettò di trattare, ma come mediatore mandò un suo ministro, quell'emiro Fakhr-al-Din che il re aveva ordinato cavaliere con lo stemma degli Hohenstaufen, come se fosse un suo parente, e che non desiderava di meglio che di far piacere al vecchio amico.

Gli ambasciatori cominciarono a fare la spola fra San Giovanni d'Acri e Gerusalemme; l'imperatore e il sultano si scambiavano preziosi regali e squisite cortesie... Però Al-Kamil non si decideva a cedere Gerusalemme, prima di tutto perché gli arabi hanno l'abitudine di mercanteggiare a lungo, senza fretta, e poi perché la Città Santa non dipendeva solo da lui, ma bisognava consultare anche suo fratello e suo nipote.

E intanto i guerrieri crociati si annoiavano, a stare senza far niente negli accampamenti. Le tempeste autunnali fioccarono sulle navi che portavano viveri dalla Sicilia e ci fu una carestia. Scoppiarono scaramucce coi saraceni vicini e litigi furiosi all'interno del campo crociato. I frati minori predicavano che re Federico non aveva diritto di guidare la crociata e doveva essere abbandonato da ogni buon cristiano. Il patriarca di Gerusalemme, i Templari e gli Ospedalieri, dopo una prima accoglienza amichevole avevano deciso di ubbidire al Papa e avevano abbandonato anche loro l'imperatore. Il campo era diviso in due fazioni: i soldati fedeli a re Federico erano sempre di meno, ma il re non se ne preoccupava.

La questione non si sarebbe risolta con la forza delle armi. Era sicuro di farcela con le trattative. Occorreva solo aver pazienza, essere diplomatici, fare le mosse giuste, come in una partita a scacchi, e Gerusalemme sarebbe tornata in mano cristiana senza spargere una goccia di sangue...

In Italia però le notizie arrivavano frammentarie, confuse, spesso male interpretate. Chi si aspettava l'eco di una grande battaglia, di un massacro, di un assedio, come nelle precedenti crociate, restava deluso.

Costanza stessa non sapeva cosa pensare, anche se maestro Giovanni cercava di rassicurarla sulla sorte dei familiari.

Intanto erano cominciati i guai nel Regno di Sicilia e le comunicazioni con Outremer si erano sempre più diradate. Il Papa era arrivato a bandire un'altra crociata in Europa, stavolta contro l'imperatore scomunicato che aveva osato disubbidirgli: aveva istigato dei pretendenti guelfi in Germania e chiamato a raccolta tutti i re e i principi d'Europa, ma fortunatamente nessuno aveva risposto, se non i soliti Comuni Lombardi che avevano mandato del denaro, e qualche vescovo francese che aveva inviato un drappello di soldati...

Contemporaneamente, da Outremer arrivavano notizie sconcertanti. Il sultano e re Federico finalmente si erano messi d'accordo e avevano firmato un patto con cui i Luoghi Santi venivano restituiti ai cristiani. Ma sembrava che fosse un patto insidioso e infamante, come scriveva disperato il patriarca di Gerusalemme, indignato per essere stato escluso dalle trattative.

Anche i baroni d'Outremer erano furibondi per non essere stati consultati, mentre poi in Palestina, a vedersela con gli infedeli, erano loro che ci dovevano restare!

Si diceva che il patto non fosse piaciuto neppure ai saraceni, come era naturale, visto che anche per loro quei luoghi erano santi a causa di Maometto. Il califfo di Bagdad e il sultano di Damasco non lo volevano riconoscere, e a Damasco fu proclamato il pubblico lutto.

A Gerusalemme i muezzìn erano andati a piangere davanti alla tenda del sultano, ma Al-Kamil gli aveva fatto togliere i tappeti da sotto le ginocchia e li aveva fatti cacciare...

Re Federico aveva ottenuto le chiavi di Gerusalemme e il diritto, per tutti i cristiani, di entrare quando volevano a pregare nei luoghi santi, ma il patriarca Geroldo e il Papa minacciavano d'interdetto e di scomunica qualsiasi devoto pellegrino che avesse seguito lo scomunicato dentro le mura della città.

« Non capisco più niente. Ho le idee confuse... » sospirava Costanza. « Prima mi sembrava tutto chiaro. Volevamo che Gerusalemme tornasse a noi cristiani. Ecco che è di nuovo nostra. Possiamo pregare sulla culla di Betlemme, piangere ai piedi del Golgota, ottenere il perdono dei nostri peccati pregando sul Santo Sepolcro... Pensavamo che ci volesse una guerra, come le altre volte, per ottenere questo. È bastato un trattato. Che male c'è? Tanti morti di meno. Niente lacrime, niente orfani, niente vedove, niente raccolti distrutti... Adesso i crociati dovranno tornare a casa, non credete, maestro? »

« Non è così semplice, madonna » le spiegava Giovanni da Bologna. « Gerusalemme e i luoghi santi da soli non vogliono dire niente. Outremer significa anche ricchi entroterra coltivati a grano: boschi di cedri, legname da vendere per le flotte, sete e mussole, spezie, aromi, schiavi... Vie commerciali con l'Oriente più lontano... »

« Questo non ce l'ha mai detto nessun prete nelle sue prediche! » protestò Alienor. « Ci dicevano che dovevamo strappare i luoghi santi dalle mani sacrileghe degli infedeli e basta! Anche Stefano, quando ebbe la sua visione, vide solo il Santo Sepolcro profanato. Non ci saremmo mai mossi, noi bambini, se si fosse trattato di spezie e di tessuti preziosi! »

« Attenta, Alienor! Conquistare Gerusalemme per noi cristiani significa anche cacciare gli infedeli dai nostri luoghi santi, e invece pare che l'imperatore gli abbia lasciato il permesso di pregare all'interno del loro Sacro Recinto dove sorge la moschea di El-Aqsa e quella di Omar, da cui dicono che Maometto spiccò il volo verso il cielo».

«Se lo ha fatto, avrà avuto i suoi motivi!» tagliava corto Costanza. «Che male ci fanno, ad adorare un pavimento dove s'immaginano che sia successo chissà che cosa?»

«Parlate come un'eretica, Costanza. Mi pare di sentire vostra madre...»

«Il re era consigliato dagli arcivescovi di Capua, di Bari e di Palermo... Dal Gran Maestro dei Cavalieri Teutonici... Sono tutti eretici anche loro? Piuttosto, ora che tutto è sistemato, dovrebbero sbrigarsi a tornare!»

«Dicono che prima re Federico voglia farsi incoronare re di Gerusalemme, lui, uno scomunicato!»

«Il Papa sarà furibondo!»

«Lo è di sicuro. Ma cosa può fargli di più, oltre la scomunica?»

«Non dimenticate che ha un esercito anche lui... E spie, sicari, traditori... I Templari e gli Ospedalieri stanno dalla sua parte e ne conosciamo la ferocia implacabile, quando sono convinti di essere nel giusto».

Sibilla piangeva a dirotto sui pericoli che minacciavano il suo '*imberadour*', come aveva imparato a chiamarlo da Selima. Costanza invece era assai più preoccupata per il padre, per la sorella e per gli amici che da tempo non davano più notizie: se non si fossero affrettati a tornare, sarebbero finiti vittime di qualche imboscata in Outremer, o avrebbero rischiato di trovare la fattoria rasa al suolo e la famiglia massacrata. I soldati invasori si facevano sempre più crudeli e arroganti e un brutto giorno si sparse la notizia che l'abate di Cassino aveva consegnato spontaneamente la rocca alle truppe papali.

La popolazione però non voleva cedere: aspettava il ritorno dell'imperatore, ne minacciava le vendette agli invasori... Finché una mattina, dai pulpiti di tutte le chiese, i preti annunciarono che re Federico non sarebbe più tornato: era morto in Outremer, e i suoi sudditi erano invitati a piangere e a prenderne il lutto. Ma molti non vollero crederci, convinti che si trattasse di un inganno per scoraggiare chi ancora resisteva, per piegare Capua che non cedeva all'assedio.

Tutti i cardinali del regno, però, giurarono che la notizia era vera, aggiungendo che dopo la scomparsa dell'imperatore nessuno meglio del Papa era in grado di regnare sui suoi domini per conservarli al piccolo Corrado.

Cosa sarebbe successo, ora, del Regno di Sicilia? Dei partigiani di re Federico? Cosa dovevano fare le figlie di messer Rufo? Aspettare il padre e gli altri alla fattoria, mentre tutta la Puglia finiva nelle mani degli inviati papali? Fuggire? Ma dove? Consegnarsi spontaneamente al convento di Canosa rinnegando la fedeltà alla casa degli Hohenstaufen?

« L'*imberadour* non è morto. L'*imberadour* non può morire. Aspettate a casa il suo ritorno. Vi difenderemo noi. Abbiate fiducia. L'*imberadour* non può morire » le rassicuravano i saraceni di Lucera, affilando le scimitarre e preparando i proiettili di pece greca...

La fattoria era ormai una fortezza cinta d'assedio. Da ogni finestra, da ogni portone, poteva arrivare un pericolo mortale. E ora non si riusciva a trovare Violante.

4

Dove si trepida per la scomparsa di Violante e invece all'alba arriva un ospite inatteso.

La cercarono dappertutto, in casa e fuori, dentro le mura della fattoria, finché Alice, piangendo, non confessò che nel primo pomeriggio l'aveva vista dirigersi tutta sola verso le colline.

« E voi, sciocca, perché non l'avete richiamata? Perché non l'avete detto subito a Fatima? Perché non l'avete seguita? » Ma ormai era troppo tardi per rimediare, ed era inutile frustare la bambina. Alice aveva quasi due anni più della sorella, ma Violante era più robusta e più decisa e avrebbe fatto in ogni caso di testa sua.

Due saraceni uscirono coi cani e le torce, augurandosi di non incontrare uomini del Papa. « Nel qual caso saranno loro a non tornare a casa! » sogghignarono per rassicurare le donne, che si raccolsero tutte in cortile, sotto il gruppo di melograni fatti piantare da madonna Yvette.

Qualcuna cominciò a filare per ingannare il tempo dell'attesa. Fatima piangeva in silenzio. Voleva bene a Violante e si sentiva responsabile di non averla sorvegliata abbastanza. Ma quando una bambina ha già quattro anni, non la si può tenere in braccio tutto il tempo!

La più disperata però era Costanza. Non piangeva, ma le si poteva leggere sul viso un'angoscia mortale. Era piena di tristi presentimenti. 'Ci fosse almeno Melisenda!' si diceva sconsolata. 'Lei saprebbe cosa fare, troverebbe le parole giuste per tranquillizzarci...'

Come leggendole nel pensiero Selima osservò: « Nel fisico è il vostro ritratto, ma di carattere quella bambina somiglia tutta a madonna Melisenda! Vi ricordate dello spavento che ci fece prendere quella volta che era andata a cercare nidi col figlio del porcaro? »

« Ma sì! » aggiunse Alienor. « Vedrete, Costanza, che anche questa volta si tratta di una scappatella da niente... Peccato che non ce ne siamo accorti prima che facesse buio. Ma Bashir e Yssuf ce la riporteranno tra poco, state tranquilla... »

Bashir e Yssuf, però, tornarono dopo due ore a mani vuote. « È troppo buio per cercare » dissero, « e a chiamarla non risponde. Si sarà addormentata in qualche fossato. Non è tipo da aver paura del buio, quella bambina! All'alba riprenderemo le ricerche ».

Si avviarono tutti a dormire, tranne i due saraceni che facevano il turno di veglia sulle due basse torrette dei colombi.

« Però se tornasse... » sussurrò Costanza ad Alienor, « ... se bussasse alla porta, se chiamasse... Ha delle mani così tenere, una vocina così sottile... bisogna che ci sia qualcuno sveglio per sentirla... »

« Ci sono i due soldati che fanno la guardia » rispose Alienor. « Sono avvertiti anche loro, e hanno l'udito fino... »

« Io però non riuscirei comunque a dormire. Quindi tanto vale che resti alzata ad aspettarla ».

« Mi meravigliate, Costanza. Non sapevo che ve la sareste presa tanto per Violante. Per Alice sì, ne sono sicura. Ma la piccola... sembrava che ne ignoraste persino l'esistenza ».

« È vero. Non l'ho mai potuta soffrire perché mi ha portato via mia madre. Credevo di riuscire a nascondervelo e invece ve ne siete accorti tutti. Ma cosa dirò a mio padre, al suo ritorno? Cosa dirò a Melisenda? Loro l'amavano e io non gliel'ho saputa custodire... »

« Questi sono pensieri sciocchi e inutili. Non state a tormentarvi per niente! Domattina la ritroveremo tutta allegra con qualche sasso colorato o qualche lucertola nelle tasche... Guardate: la notte è tiepida e chiara. Cosa volete che le succeda di male? Dormirà all'addiaccio e, alla peggio, si prenderà un raffreddore ».

« E se incontrasse qualcuno? »

« Chi volete che faccia del male a una bambina piccola? A quell'età non suscitano odi personali, né bramosie di denaro... non hanno nemici... »

« Violante è bella, però. Potrebbero portarla al mercato degli schiavi. Ne ricaverebbero un buon prezzo ».

« Cosa andate a pensare! La gente ha altro per la testa in questi giorni! » Però anche ad Alienor erano venuti i brividi a quel pensiero.

La notte trascorse lentamente. I saraceni sulle torrette finirono il loro turno di guardia e furono sostituiti da altri due. Sul cielo del cortile le luminose stelle d'estate scivolavano pian piano verso occidente. Il gelsomino di madonna Yvette emanava un profumo fortissimo.

« È per questo che gli arabi hanno l'usanza di piantare un gelsomino per ogni persona cara che muore? » sussurrò Costanza poggiando la guancia contro la spalla di Alienor. « Perché ogni anno il profumo ritorna e impedisce di dimenticare? »

Alienor annuì in silenzio. Fuori, nei campi, si sentivano i grilli e dalla voliera dei falconi arrivava qualche basso borbottio, uno sbuffare sordo e chioccio.

« Davvero non ti ricordi niente di quando eri bambina e abitavi in Francia con la tua famiglia, prima di diventare schiava? » chiese in un soffio Costanza.

Alienor scosse la testa. « Siete voi, la mia sola famiglia ». Tacque un po', poi riprese: « Vorrei tenere un vostro bambino fra le braccia, Costanza. Eravate così piccola e dolce, lassù a Genova, quando siete nata! Una bambola che mi aiutava a non impazzire di dolore. Avevo solo dodici anni e avevo perduto ogni cosa sulla terra... »

« E Violante, quando è nata, era proprio come me, vero? Ma io non l'ho voluta neppure guardare... »

« Non piangete, adesso. Non serve a nulla ».

Poco prima dell'alba i grilli tacquero e il silenzio si fece assoluto mentre la luce cominciava ad aumentare.

Fu allora che sulle pietre della strada risuonò il galoppo d'un cavallo e, quando fu più vicino, sentirono anche un campanaccio da mucca risuonare allegramente e una voce robusta gridare: « Gente di Puglia, sveglia! L'imperatore è vivo e sta bene! È sbarcato a Brindisi tre giorni fa ed è già a Barletta a vendicarsi dei suoi nemici... Gente di Puglia, sveglia! L'imperatore non è morto! »

« ... Questa voce! Ma è Konrad! Sono tornati! » gridò Costanza precipitandosi ad aprire il portone.

Sulle due basse torri dei colombi anche le guardie saracene si misero a picchiare con la spada sugli scudi di ottone gridando a gola spiegata: « Sveglia, popolo del regno! Re Federico è tornato e farà giustizia dei suoi nemici! »

Konrad smontò con cautela da cavallo reggendo un grosso involto fra le braccia. « Dio vi benedica, Costanza! Il re è tornato, lo avete sentito. Gerusalemme è nostra e noi siamo tutti salvi. Ho cavalcato tre giorni da Brindisi fin qui senza fermarmi mai. Prendevo un cavallo fresco a ogni stazione di posta, ma non volevo rimandare di un attimo il momento di arrivare a casa ».

Era stanchissimo e poggiava la fronte sudata sul fianco della cavalcatura.

« Entrate! Datemi il vostro bagaglio » disse Alienor sollecita, togliendogli le briglie di mano.

Konrad alzò il viso pallido e sporco di polvere e si guardò attorno. « E qui a casa? Sono quasi sei mesi che non abbiamo notizie. Qui a casa, tutto bene? »

« Il Signore sia lodato, sì! » rispose precipitosamente Costanza, scoppiando in singhiozzi. « Oh, Konrad, che cattiva sorella sono! No, che non va tutto bene! Ieri abbiamo perduto Violante ».

« E questo vi fa tanto disperare? » chiese Konrad con uno strano sorriso. « Non mi risulta che fosse la vostra prediletta... »

« Smettetela di tormentarla! » lo sgridò Alienor. Ma Konrad stava già svolgendo dal mantello il suo grosso involto...

Era Violante, con gli abiti strappati e sporchi di fango, che nonostante le urla e il frastuono dei saraceni, nonostante i discorsi di saluto, continuava a dormire profondamente.

« L'ho trovata alla curva dell'abbeveratoio, verso Minervino. Ne aveva fatta di strada, con quelle gambette! Che paura mi ha fatto prendere! Pensavo che la fattoria fosse stata attaccata dai soldati del Papa e che lei sola si fosse salvata... »

Costanza quasi gliela strappò di mano e l'abbracciò stretta, continuando a piangere. Violante si svegliò e disse: « Voglio Fatima. Dov'è la mia balia? »

« Che strano effetto, rivedervi dopo tanto tempo, dopo tanti avvenimenti! » disse Konrad come riflettendo fra sé. « Somigliate a vostra madre in un modo impressionante, Costanza, e la piccola è come voi da bambina... Mi sembra di rivivere la prima volta che sono entrato a casa vostra, in Germania, tanti anni fa... Ho quasi vent'anni, ormai, ma so che non potrò mai amare nessuna donna come ho amato vostra madre».

«Neanch'io» disse Alienor. «Purtroppo nessuna delle figlie le somiglia. Nel carattere, intendo. Chissà, forse Violante, crescendo...»

«Posso offrirvi il mio amore, madonna?» disse allora Konrad scherzosamente alla piccola. Ma Violante gli dette un colpo sul viso e ripeté piagnucolando: «Dov'è Fatima? Ho fame. Voglio mangiare».

«Sedete, Konrad. Mangiate anche voi, e raccontateci tutto!» disse Costanza.

«No, aspettate. Svegliamo anche gli altri! Sibilla non ci perdonerebbe mai se ascoltassimo le notizie prima di lei».

Misero a scaldare dell'acqua per riempire un mastello di legno e, mentre il resto della famiglia si svegliava e si radunava attorno al tavolo da cucina, Konrad fece il bagno e indossò abiti puliti. Poi sedette davanti a una scodella di zuppa, mentre tutte pendevano dalle sue labbra. «Io non sono un buon narratore» esordì. «Domani arriverà Bencivenni e vi racconterà tutti i particolari della nostra crociata. Vi dirò soltanto che abbiamo ottenuto lo scopo per cui eravamo partiti. Dopo quarantadue anni Gerusalemme è di nuovo in mano cristiana, anche se non c'è stata neppure una scaramuccia. Però ne abbiamo passate lo stesso di tutti i colori. Non da parte degli infedeli: da parte dei nostri fratelli cristiani, dei partigiani del Papa, e possiamo ringraziare il cielo se abbiamo riportato a casa la pelle! Siamo sbarcati a Brindisi tre giorni fa e re Federico, prima di andare a Barletta a organizzare la riscossa, ci ha mandati subito in giro per tutto il regno a smentire la falsa notizia della sua morte. A me è toccata la strada di casa, ma Bencivenni e Guglielmo ci raggiungeranno presto».

«E mio padre? E mia sorella?» domandò ansiosa Costanza.

«Loro non sono ancora tornati in Italia. A Cipro hanno preso una galea per l'Egitto, dove si fermeranno per qualche tempo al Cairo, ospiti dei falconieri di Al-Kamil. È stato re Federico che lo ha deciso. Laggiù alcuni grossi uccelli, chiamati struzzi, non covano le uova standoci sopra, ma le seppelliscono nella sabbia calda del deserto. Da qualche tempo anche i falconieri stanno facendo degli esperimenti per far schiudere le uova in un luogo caldo, senza metterle nel nido di qualche volatile domestico. Messer Rinaldo e sua figlia dovranno studiare questa nuova tecnica per vedere se è il caso di introdurla anche da noi. Melisenda era felicissima di andare, anche se mi ha incaricato di dirvi che ha molta nostalgia di tutti voi. Specialmente di Violante. Ma non tarderanno molto a tornare. Fra due mesi al più tardi saranno di nuovo a casa».

5

Dove uno che è stato alla crociata racconta come sono andate veramente le cose.

La notizia del ritorno dell'imperatore cambiò in pochi giorni le sorti della guerra.

Da Barletta re Federico aveva inviato un proclama a tutti i sudditi del regno e aveva radunato in pochissimo tempo un forte esercito. C'era un gruppo di Cavalieri Teutonici appena sbarcati dalla Terrasanta in seguito a una tempesta. C'erano i fedelissimi saraceni di Lucera. Il conte Tommaso di Acerra poté guidarli in soccorso di Capua. Ma non ci fu quasi bisogno di combattere.

Gli assedianti e tutti gli altri uomini del Papa, alla sola notizia che re Federico era vivo e guidava la riscossa, presero la fuga verso i confini degli Stati Pontifici, cercando di mettersi in salvo.

Resisteva solo la rocca di Montecassino, dove frate Pelagio si era impadronito del tesoro dell'abbazia e con quello continuava a pagare lautamente il soldo alle sue truppe.

Praticamente, però, tutto il regno era di nuovo nelle mani di re Federico.

Man mano che alla fattoria dei Rufo arrivavano le notizie delle sue vittorie, tutti si rallegravano, tranne Costanza, che era invece sempre più nervosa e preoccupata.

Fino a quando Konrad non ricevette un messaggio e la chiamò da parte per mostrarglielo. « Datevi pace, Costanza. Lo so che siete inquieta perché messer Bencivenni non è ancora tornato, ma state tranquilla: non gli è successo niente di male. Ha solo dovuto seguire l'imperatore nei suoi giri, ma ora è stato congedato ed è sulla via del ritorno. Fra pochi giorni sarà a casa anche lui ».

Infatti ai primi di luglio Bencivenni si presentò alla fattoria, indossando sull'armatura una veste così elegante che Selima non lo riconobbe e non voleva lasciarlo entrare.

Costanza, quando sentì la sua voce nell'atrio, scappò su per le scale e andò a rifugiarsi nelle sue stanze col cuore che le batteva all'impazzata. Ridiscese dopo mezz'ora, con un abito nuovo e una nuova acconciatura, fredda e composta come le avevano insegnato da piccola, e salutò l'ospite con una cortesia esageratamente controllata.

Ma Bencivenni non era tipo da lasciarsi ingannare. « Lo so che siete felice di rivedermi, madonna, almeno quanto io lo sono di rivedere voi! Non ho pensato ad altro che a questo momento, quando ero in Outremer » e cercò di abbracciarla, ma Costanza arrossì e scappò dall'altra parte della tavola.

Appena si sparse la voce dell'arrivo del cavaliere di Foggia, tutto il vicinato si riversò nella fattoria dei Rufo per sentirlo raccontare della crociata.

Messer Bencivenni sì che era un buon parlatore! Non si limitava alle frasi monche e sintetiche di Konrad, ma sapeva descrivere i fatti, le persone, i paesi, con tale bravura che agli ascoltatori sembrava di esserci stati anche loro, di aver vissuto anche loro quelle straordinarie avventure...

Così si entusiasmarono tutti per la bellezza degli edifici di Outremer, per gli splendidi regali che Fakhr-ad-Din aveva portato a re Federico con la prima ambasceria. C'erano gioielli e stoffe preziose, fra quei doni, ma c'erano soprattutto dieci bellissimi cammelli della razza mehari, molte cavalle arabe, una scimmia, un orso e persino un elefante!

S'indignarono quando seppero che re Federico, durante le trattative, aveva intercettato delle lettere scritte dai partigiani del Papa al sultano Al-Kamil. Proprio loro che avevano fatto scomunicare il re perché tardava a conquistare Gerusalemme, ora scrivevano al sultano di non cedergliela a nessun costo! E ancor più s'indignarono quando seppero che nemmeno dopo la restituzione di Gerusalemme il patriarca della città aveva fatto la pace con re Federico, ma anzi si era rifiutato d'incoronarlo con una cerimonia religiosa com'era sempre avvenuto dai tempi di Goffredo di Buglione.

L'imperatore aveva molti arcivescovi devoti che avrebbero potuto incoronarlo al posto del patriarca, ma per amore di pace, Ermanno Di Salza gli aveva consigliato di rinunciare alla funzione religiosa.

La chiesa del Santo Sepolcro era deserta, grigia e fredda quando vi arrivammo, spoglia dei ricchi paramenti orientali. C'erano solo gli amici del re e i pellegrini tedeschi che lo avevano seguito sfidando l'interdetto e avevano illuminato a festa la città... C'erano tutti i Cavalieri Teutonici, col mantello bianco ornato dalla croce nera che stonava, nella sua austerità, in quella chiesa abituata allo scintillio degli ori e della porpora. Lui, re Federico, aveva un mantello di porpora e, con grande disinvoltura, prese la corona che era posata sull'altare e se la mise da solo in testa. Poi fece un discorso conciliante. Ebbe parole miti per il Papa e disse addirittura di capire le sue ragioni. Si dichiarò disposto a rimediare ai suoi errori e a tutto quanto i suoi seguaci avessero fatto contro la Chiesa. Disse di cercare sinceramente la pace con tutti... Ma lo stesso pomeriggio indirizzò a tutto il mondo cristiano un proclama che sarebbe piaciuto a vostra madre, per come me la descrivono, Costanza. Vi faceva il resoconto della sua impresa senza nominare né il Papa, né la scomunica, né i contrasti esistenti fra di loro, e per ben due volte affermava che 'Il Signore *e nessun altro*, concede la salvezza ai propri servitori, quando e come vuole'. Avrete osservato tutti che dai tempi di Onorio III l'imperatore non si firma più 'Re per grazia di Dio e della Chiesa', come i suoi predecessori, ma solo 'Re per grazia di Dio'. Con questo proclama, però, affermava chiaramente che la sua dignità e autorità imperiale gli venivano direttamente da Dio e che, per regnare, non aveva bisogno del permesso del Papa.

Poi aveva voluto visitare le moschee e i luoghi sacri dei musulmani, scandalizzando tutti per la disinvoltura con cui criticava certe abitudini cristiane e per il rispetto che dimostrava agli infedeli. Per esempio trovava normale e non si offendeva per il fatto che, come noi chiamiamo loro cani, loro chiamino noi 'porci', perché mangiamo la carne di maiale che a loro è vietata dal Corano. I nobili musulmani gli dimostravano stima e amicizia, ma il popolino non era molto convinto. Dicevano che era un miscredente, che non aveva il rispetto neanche per la propria fede... Criticavano anche il suo aspetto fisico. Dicevano che uno come lui al mercato degli schiavi non sarebbe stato pagato più di pochi spiccioli... Il vescovo di Cesarea invece era scandalizzatissimo perché il sultano aveva mandato in regalo a Federico un gruppo di musici, giocolieri e danzatrici, e lui non li aveva rifiutati indignato, ma li aveva accettati volentieri e se li teneva a corte».

L'uditorio rideva, si meravigliava, trepidava, applaudiva, e non ne aveva mai abbastanza di ascoltare. S'infuriarono tutti quando seppero che i perfidi Templari avevano teso un'imboscata all'imperatore mentre si era recato a visitare, presso il fiume Giordano, il luogo del Battesimo di Cristo. L'agguato era fallito perché i Templari avevano cercato l'alleanza di Al-Kamil e questi, disgustato dalla loro doppiezza, aveva mandato la loro lettera a re Federico mettendolo in guardia.

Poi, quando erano arrivate le notizie dell'invasione del suo regno da parte delle truppe pontificie, l'imperatore aveva deciso di tornare in Europa ed era andato a San Giovanni d'Acri per imbarcarsi.

Qui alcuni frati francescani continuavano a predicare contro di lui sobillando le truppe e allora, ancora infuriato per l'agguato sul fiume, li aveva fatti trascinare giù dal pulpito a bastonate.

Gli ascoltatori, che avevano ascoltato anche loro prediche simili nel loro regno, e avevano dovuto sopportarle, ridevano e battevano le mani. E risero ancora di più quando seppero che, la mattina dell'imbarco, mentre l'imperatore si dirigeva al porto attraversando il vicolo dei macellai, alcuni cristiani di Outremer, scontenti della sua politica, gli avevano rovesciato addosso secchiate di spazzatura e budella di maiale. Così, quando i due governatori che restavano in Terrasanta erano saliti a bordo per salutarlo, si erano presi una bella sfuriata benché non c'entrassero niente. E sì che erano due prodi cavalieri, di nobilissima stirpe!

« Come sapete raccontare bene, Bencivenni! » esclamava Costanza. « Mi sembra di esserci stata anch'io, in Outremer! Però com'è diversa la vostra crociata da come la immaginavo un tempo! Com'è diversa da come la raccontano i romanzi d'avventure! »

« Madonna » rispondeva Bencivenni, « non mi azzarderei mai ad accusare di menzogna i poeti e gli scrittori! Io però ci sono stato, alla crociata, e vi racconto quello che ho visto con i miei occhi. Conoscete la frase che ripete sempre il nostro imperatore quando scrive le sue relazioni scientifiche: 'È nostra intenzione narrare le cose che sono, come sono'. Oppure ciò che sostiene il santo Alberto Magno, autore del libro sulle piante che Konrad regalò a Melisenda: 'Ogni nostra conoscenza prende le mosse da ciò che cade sotto i nostri sensi'. Se vi racconto queste cose, madonna, è perché le ho viste coi miei occhi, sentite con le mie orecchie, odorate con il mio naso... Come puzzava, l'imperatore, dopo che gli ebbero buttato addosso la spazzatura! E com'era infuriato, lui che si fa il bagno completo tutti i giorni, persino la domenica! »

6

Dove ricompare Melisenda con una sorpresa.

« Che coincidenza, che Melisenda ritorni a casa proprio il giorno del suo compleanno! » disse Costanza ad Alienor, mentre tornavano coi servi dal mercato di Minervino, dove avevano comprato il pesce fresco per lo scapece che il cuoco avrebbe preparato in onore dei viaggiatori.

« Pare proprio che la nostra vita sia guidata da ritmi regolari, legati al corso degli astri, come afferma Michele Scoto, l'astrologo di re Federico » rispose Alienor. « Fu il 25 luglio che il maggiordomo di messer Doria mi comprò al mercato degli schiavi di Genova e mi affidò a madonna Yvette... E ricordate quel 25 luglio di quattordici anni fa, ad Aquisgrana, quando vostra madre non poté assistere all'incoronazione imperiale? E fu sempre un 25 luglio, quello del 1225, che messer Konrad tornò a casa dal castello e Sparr uscì per la prima volta a caccia... »

« Alienor, tu pensi che alla fine Konrad sposerà Melisenda? »

« Chissà? Vostra sorella non ha mai mostrato di desiderare il matrimonio, e in famiglia c'è già Sibilla che avanza pretese su messer Konrad... »

« Il quale, a sua volta, ha promesso il suo amore a Violante... È davvero amabile, quella bambina, e gli ricorda nostra madre. Ma è ancora così giovane! »

« Vedrete che finirà per sposare Alice, per togliersi dall'imbarazzo... È una fortuna che vostro padre abbia tante figlie femmine. Quello che è certo è che non sposerà voi, Costanza».

«No. Non sarà Konrad, infatti».

L'oggetto dei loro discorsi era partito con messer Giovanni dieci giorni prima, per recarsi a Brindisi ad aspettare la galea che doveva riportare dal Cairo messer Rinaldo e sua figlia, mentre Bencivenni era rimasto alla fattoria a organizzare i festeggiamenti di bentornato.

Avevano aspettato fino ad allora per celebrare tutti insieme la fine della crociata. Ormai nel Regno di Sicilia era quasi tornata la pace di un tempo. Pochissime città resistevano ancora all'imperatore, ma gli uomini del Papa si erano tutti ritirati oltre i confini. Non solo: Ermanno Di Salza aveva iniziato trattative segrete col papato per far togliere la scomunica a re Federico, e Bencivenni, che era bene informato dai pettegolezzi di corte, diceva che il Gran Maestro dei Teutonici stava ottenendo buoni risultati.

«Sono contenta che mio padre non abbia visto i soldati invasori spadroneggiare sulle nostre campagne!» esclamò Costanza. «Secondo voi, verso che ora dovrebbero arrivare?»

«Certamente prima del tramonto. Messer Konrad è prudente e avrà fatto in modo di non viaggiare di notte, anche se ormai le strade non sono più pericolose...»

«E invece stanno già arrivando! Guardate, Alienor, davanti a noi, laggiù, sulla strada di casa, quel drappello di cavalieri! Sono loro! Riconosco la testa rossa di Melisenda!»

«È vero. E quello è il mantello delle feste di maestro Giovanni!»

« Come mi dispiace non poterli accogliere sulla soglia di casa! »

« Però se sproniamo i cavalli al galoppo riusciamo a raggiungerli prima che arrivino al portone ».

Così, lasciando indietro i servi coi canestri della spesa, le due donne lanciarono le cavalcature a gran velocità verso il gruppo degli altri viaggiatori.

« So tutto di voi, Costanza! » disse Melisenda quando l'emozione e la confusione dell'incontro si furono calmate. « Konrad mi ha riferito le novità durante il viaggio da Brindisi a casa. Così dunque volete portarmi via l'affetto della mia prediletta! Vi siete messa in testa di conquistare il cuore di Violante ».

« Sono molti i cuori che vostra sorella ha conquistato. Messer Rinaldo d'Aquino ha composto una dolcissima canzone per lei » disse fiera Alienor.

« E tu, Alienor, che il Signore Iddio ti benedica! » esclamò messer Rinaldo. « Maestro Giovanni mi ha detto che sei stata il pilastro della casa durante la nostra assenza. Fra qualche giorno farò chiamare il notaio e ti ridarò la libertà, come segno della mia gratitudine ».

« Vi ringrazio, messere, ma non desidero la libertà. Non saprei dove andare, lontano da voi » rispose Alienor commossa. « Affrancate Selima, piuttosto, come avevate promesso. Anche Selima lo merita. Anche lei ha custodito bene la vostra casa, vero madonna Costanza? Sceglierà poi suo marito se portarla a Lucera o se restare entrambi alla fattoria come salariati ».

« Anche Selima sarà libera. Io tengo fede alla mia parola. Tanto più che anche madonna Yvette glielo aveva promesso. Ma voi, Alienor, cosa desiderate in cambio dei servigi che ci avete reso? »

« Niente. Continuare a vivere con voi come ho vissuto finora. Quello che un tempo desideravo, so che non posso più averlo ».

« Ne siete proprio sicura? » chiese Melisenda.

« Non si possono resuscitare i morti » rispose tristemente Alienor.

Intanto Selima li chiamava a tavola perché il pranzo era pronto. « Lo scapece ci sarà stasera » si scusò. « Il cuoco non ha fatto in tempo. Vi aspettavamo più tardi e gli ingredienti sono appena arrivati dal mercato ».

In cortile, i servi scaricavano i bagagli dai muli.

Fra loro c'erano delle facce nuove: due mori e tre uomini barbuti vestiti alla saracena, che evidentemente messer Rinaldo aveva portato con sé dall'Egitto. Due di loro portavano i guantoni da falconiere. A Sparr però, ch'era diventato un grande falco grigio chiaro, accudiva personalmente Melisenda. « Ho imparato tante cose nuove sui falconi, al Cairo » raccontava contenta, « e Mohamin, il primo falconiere di re Federico, mi ha detto che quando sarò a corte, potrò andare a caccia con lui ».

« Perdete le due figlie maggiori, messer Rinaldo » rise Bencivenni. « L'anno venturo adorneranno entrambe con la loro grazia la corte di Foggia! »

« Torneremo spesso a trovarvi. Foggia non è lontana! » esclamò Costanza, alzandosi per abbracciare suo padre.

Melisenda intanto aveva lasciato la tavola ed era uscita in cortile a confabulare con uno dei nuovi arrivati: un uomo robusto dalla folta barba castana.

Poi si affacciò sulla soglia della sala. « Costanza! » chiamò. « Volete venire un attimo in giardino? E fatevi accompagnare da Alienor. Ho un regalo per lei ».

Costanza e Alienor la raggiunsero nell'aranceto. In

piedi accanto a Melisenda, in atteggiamento di grande rispetto, stava il giovane barbuto.

« Ho sentito che hai rifiutato da mio padre il dono della libertà, Alienor » disse Melisenda. « Il mio regalo però devi accettarlo. Quando sono partita dal Cairo, il sultano Al-Kamil mi ha regalato questo schiavo che stava con lui da tredici anni, e io voglio donartelo. È un uomo istruito e bene educato e saprà rendersi molto utile ».

« Ma io non voglio uno schiavo! » esclamò Alienor meravigliata. « A cosa mi servirebbe? Sono una schiava anch'io. E lo sapete, madonna, che non voglio sposarmi. Men che mai con un infedele! »

« Non ve lo offro come marito, anche se quest'uomo non è un infedele. È nato cristiano e il sultano non ha mai tentato di convertirlo alla fede dell'Islam. Alla corte del Cairo faceva l'interprete e il segretario, perché conosce bene la lingua franca ».

« E che bisogno ho io, povera donna, di un interprete e di un segretario? »

« Non vuoi almeno guardarlo bene, vedere che tipo è, prima di rifiutarlo? La sua lingua madre è il francese e la città da cui è partito per l'avventura che doveva farlo finire schiavo è Vendôme... Perché impallidisci, Alienor? Guarda bene in viso il tuo regalo. Ecco, gli faccio togliere il turbante perché tu possa vederlo meglio. Osserva in mezzo alla sua fronte la cicatrice di una ferita che si fece quand'era bambino. Non ha una forma singolare? Sembra una mezzaluna. Per questo l'inviato del sultano l'ha scelto subito fra tanti al mercato degli schiavi di Alessandria, dove lo avevano portato i pirati saraceni dopo averlo catturato con i suoi compagni di viaggio al largo dell'isola di Sardegna... »

Alienor si appoggiò a Costanza e chiese in un soffio: « Qual è il vostro nome, forestiero? »

« Al Cairo mi chiamavano Shiban » disse l'uomo, facendo sentire per la prima volta la sua voce, « ma i miei genitori e mia sorella mi chiamavano Honfroi ».

« Lo volete o non lo volete accettare dunque il mio regalo? » esclamò trionfante Melisenda.

Alienor però non poteva sentire, perché era caduta svenuta fra le braccia di Costanza.

Stavolta, per fortuna, la grande emozione non le fece perdere il senno, ma per qualche giorno se ne andò in giro come se fosse davvero impazzita, mostrando a tutti il fratello ritrovato, dopo tanti anni che lo aveva pianto per morto.

Era stato davvero un colpo di fortuna che, fra i mille schiavi che circolavano nella reggia del Cairo, agli ospiti fosse stato assegnato come interprete proprio quel Shiban dalla folta barba castana e che un giorno Melisenda si fosse messa a chiacchierare con lui di cose che non riguardavano la falconeria.

E siccome era una ragazza curiosa, saputo che era cristiano gli aveva chiesto come mai fosse finito schiavo del sultano d'Egitto. Shiban non si era fatto pregare e le aveva raccontato di essere partito a dodici anni da Vendôme seguendo il carro del piccolo profeta Stefano, con la crociata dei bambini francesi.

« Eravamo migliaia e migliaia e ci vollero sette navi per imbarcarci, a Marsiglia. Vicino all'isola di San Pietro, presso le coste della Sardegna, ci colse una terribile tempesta. Due delle navi affondarono. Io ero a bordo di una delle altre cinque che, una volta tornata la bonaccia, si trovarono circondate da una flotta di pirati saraceni. I due capitani che ci avevano imbarcato non opposero resistenza: erano d'accordo coi pirati.

Anzi, avevano dato loro appuntamento proprio in quell'isola per venderci come schiavi. Pensate che affare, per loro! Che cattura senza problemi! Migliaia di bambini spaventati, soli e indifesi. I saraceni venivano dall'Africa. Fummo portati sulle coste dell'Algeria e da lì avviati ai mercati di schiavi di tutto il paese. Fortunatamente a casa io avevo frequentato il convento e i frati mi avevano insegnato a leggere e a scrivere. Fui comprato, con altri bambini e preti istruiti, dal sultano Malik-Al-Kamil, che ci ha lasciato seguire la nostra fede e ci usa come segretari e interpreti. Potevo capitare peggio. Molti sono morti durante la traversata, altri sono finiti a fare i contadini nelle proprietà del governatore di Alessandria... Altri ancora finirono al mercato di Bagdad, dove subirono il martirio per aver rifiutato di convertirsi all'islamismo. Qui non mi trovo male... Però della mia famiglia, del mio paese, dei miei amici di un tempo, non ho più saputo niente... »

'Erano migliaia' pensava intanto Melisenda. 'Chissà se ha incontrato Alienor e suo fratello? Chissà che confusione c'era su quelle navi! Chissà se ricorda ancora i compagni di quella brutta avventura?'

Però era già qualcosa sapere che non tutte le navi erano affondate, che più della metà dei bambini si era salvata.

« E ditemi, Shiban » chiese, « c'erano ragazze, sulla vostra galea? Che fine hanno fatto? »

« Ce n'erano molte. Sono finite schiave anche loro, che il Signore ne abbia misericordia! Le più belle negli harem dei califfi e degli emiri, le altre a fare i lavori pesanti. Mia sorella, per fortuna, evitò questa sorte vergognosa perché morì a bordo mentre facevamo scalo al porto di Genova... »

« Era forse la vostra gemella? Avete visto il suo cadavere? »

« No che non l'ho visto. Mi dissero che lo avevano gettato in mare per evitare il contagio a bordo. Ma come fate a sapere che era mia sorella gemella? »

« Sono io che faccio le domande, Shiban. Come si chiamava vostra sorella? »

« Alienor, perché noi venivamo dalla Linguadoca. Ed era dolce come una colomba. Era lei che mi aveva spinto a partire, dicendo che solo gli innocenti possono riscattare il Sepolcro di Cristo ».

« E voi non vi chiamate Shiban, naturalmente. Qual è il nome che vi fu posto al fonte battesimale? »

« Honfroi ».

Da quel momento Melisenda non ebbe più pace finché non riuscì a farsi regalare dal sultano lo schiavo Shiban. Era persino disposta a cedere Sparr in cambio. Tormentò e seppe commuovere così bene quelli che incontrava, che alla fine tutta la corte intercedette per lei, e anche il sultano Al-Kamil non seppe negare agli ospiti questo segno di cortesia.

« Così, Costanza, avevate ragione voi. Valeva davvero la pena di andare alla crociata! » concluse Melisenda quando ebbe finito il suo racconto.

« Se ci fosse andata Costanza però, chissà se avrebbe scoperto qualcosa? » osservò messer Rinaldo. « Lei non si interessa di falconeria e non avrebbe avuto motivo di seguirmi al Cairo. E poi non ha la vostra pessima abitudine di attaccare discorso con tutti gli sconosciuti e d'interessarsi dei loro fatti personali. Se anche avesse incontrato lo schiavo Shiban, forse non avrebbe mai scoperto chi era in realtà ».

« Tutto è bene quel che finisce bene! » sospirò felice Alienor.

« Eh, no! La storia non è ancora finita » protestò Sibilla. « Messer padre, io ho già otto anni. Quando vi deciderete a regalarmi un falcone? »

Indice

Parte terza. 1225 - Il falcone di Melisenda

Parte quarta. 1227 - Costanza va alla crociata

Istrici d’oro pubblicati

Roald Dahl
La fabbrica di cioccolato

Roald Dahl
Il grande ascensore di cristallo

Roald Dahl
Matilde

Daniel Pennac
L’occhio del lupo

Jostein Gaarder
C’è nessuno?

Daniel Pennac
Abbaiare stanca

Michael Ende
La notte dei desideri

Christine Nöstlinger
Il bambino sottovuoto

Silvana De Mari
L’ultimo elfo

Jacqueline Wilson
Fotocoppia

Jean Giono
L’uomo che piantava gli alberi

A.A. Milne
Winnie Puh

Uri Orlev
L'isola in via degli uccelli

Astrid Lindgren
Pippi Calzelunghe

Luis Sepúlveda
Storia di una gabbianella e del gatto
che le insegnò a volare

Silvana Gandolfi
L'isola del tempo perso

Jean Giono
Il bambino che sognava l'infinito

Roald Dahl
Il GGG

Eva Ibbotson
Miss Strega

A.A. Milne
La strada di Winnie Puh

Roald Dahl
La magica medicina

Astrid Lindgren
Vacanze all'Isola dei Gabbiani

Mary Norton
Sotto il pavimento

Roald Dahl
Le streghe

Astrid Lindgren
Rasmus e il vagabondo

Roald Dahl
Gli sporcelli

Silvana Gandolfi
Occhio al gatto

Teresa Buongiorno
Olympos

Roald Dahl
James e la pesca gigante

Karin Michaëlis
Bibi una bimba del Nord

Tove Jansson
Magia di mezza estate

Fotocomposizione Editype S.r.l.
Agrate Brianza (MB)

Finito di stampare
nel mese di agosto 2018
per conto della Adriano Salani Editore s.u.r.l.
da ELCOGRAF S.p.A.
Stabilimento di Cles (TN)
Printed in Italy